GRAPHYCO BÜCHER

Veröffentlicht von Graphyco Klassiker

INHALT

Erstes Kapitel.	1
Zweites Kapitel.	12
Drittes Kapitel.	25
Viertes Kapitel.	39
Fünftes Kapitel.	45
Sechstes Kapitel.	50
Siebentes Kapitel.	61
Achtes Kapitel.	69
Neuntes Kapitel.	82
Zehntes Kapitel.	94
ANDERE WERKE	105
Mondnacht	105
In Danzig	105
Die Heimat	106
Zwielicht	107
Sehnsucht	108

Erstes Kapitel.

Das Rad an meines Vaters Mühle braußte und rauschte schon wieder recht lustig, der Schnee tröpfelte emsig vom Dache, die Sperlinge zwitscherten und tummelten sich dazwischen; ich saß auf der Thürschwelle und wischte mir den Schlaf aus den Augen, mir war so recht wohl in dem warmen Sonnenscheine. Da trat der Vater aus dem Hause; er hatte schon seit Tagesanbruch in der Mühle rumort und die Schlafmütze schief auf dem Kopfe, der sagte zu mir: „Du Taugenichts! da sonnst Du Dich schon wieder und dehnst und reckst Dir die Knochen müde, und läßt mich alle Arbeit allein thun. Ich kann Dich hier nicht länger füttern. Der Frühling ist vor der Thüre, geh auch einmal hinaus in die Welt und erwirb Dir selber Dein Brodt." – „Nun," sagte ich, „wenn ich ein Taugenichts bin, so ist's gut, so will ich in die Welt gehen und mein Glück machen." Und eigentlich war mir das recht lieb, denn es war mir kurz vorher selber eingefallen, auf Reisen zu gehen, da ich den Goldammer, der im Herbst und Winter immer betrübt an unserem Fenster sang: „Bauer, mieth' mich, Bauer mieth' mich!" nun in der schönen Frühlingszeit wieder ganz stolz und lustig vom Baume rufen hörte: „Bauer, behalt Deinen Dienst!" – Ich ging also in das Haus hinein und holte meine Geige, die ich recht artig spielte, von der Wand, mein Vater gab mir noch einige Groschen Geld mit auf den Weg, und so schlenderte ich durch das lange Dorf hinaus. Ich hatte recht meine heimliche Freud', als ich da alle meine alten Bekannten und Kammeraden rechts und links, wie gestern und vorgestern und immerdar, zur Arbeit hinausziehen, graben und pflügen sah, während ich so in die freie Welt hinausstrich. Ich rief den armen Leuten nach allen Seiten recht stolz und zufrieden Adjes zu, aber es kümmerte sich eben keiner sehr darum. Mir war es wie ein ewiger Sonntag im Gemüthe. Und als ich endlich ins freie Feld hinaus kam, da nahm ich meine liebe Geige vor, und spielte und sang, auf der Landstraße fortgehend:

Wem Gott will rechte Gunst erweisen,

Den schickt er in die weite Welt,

Dem will er seine Wunder weisen

In Feld und Wald und Strom und Feld.

Die Trägen, die zu Hause liegen,

Erquicket nicht das Morgenroth,

Sie wissen nur vom Kinderwiegen

Von Sorgen, Last und Noth um Brodt.

Die Bächlein von den Bergen springen,

Die Lerchen schwirren hoch vor Lust,

Was sollt' ich nicht mit ihnen singen

Aus voller Kehl' und frischer Brust?

Den lieben Gott laß ich nur walten;

Der Bächlein, Lerchen, Wald und Feld

Und Erd' und Himmel will erhalten,

Hat auch mein' Sach' auf's Best' bestellt!

Indem wie ich mich so umsehe, kömmt ein köstlicher Reisewagen ganz nahe an mich heran, der mochte wohl schon einige Zeit hinter mir drein gefahren seyn, ohne daß ich es merkte, weil mein Herz so voller Klang war, denn es ging ganz langsam, und zwei vornehme Damen steckten die Köpfe aus dem Wagen und hörten mir zu. Die eine war besonders schön und jünger als die andere, aber eigentlich gefielen sie mir alle beide. Als ich nun aufhörte zu singen, ließ die ältere still halten und redete mich holdseelig an: „Ei, lustiger Gesell, Er weiß ja recht hübsche Lieder zu singen." Ich nicht zu faul dagegen: „Ew. Gnaden aufzuwarten, wüßt' ich noch viel schönere." Darauf fragte sie mich wieder: „Wohin wandert er denn schon so am frühen Morgen?" Da schämte ich mich, daß ich das selber nicht wußte, und sagte dreist: „Nach W."; nun sprachen beide mit einander in einer fremden Sprache, die ich nicht verstand. Die jüngere schüttelte einigemal mit dem Kopfe, die andere lachte aber in einem fort und rief mir endlich zu: „Spring er nur hinten mit auf, wir fahren auch nach W." Wer war froher als ich! Ich machte einen Reverenz und war mit einem Sprunge hinter dem Wagen, der Kutscher knallte und wir flogen über die glänzende Straße fort, daß mir der Wind am Hute pfiff.

Hinter mir gingen nun Dorf, Gärten und Kirchthürme unter, vor mir neue Dörfer, Schlösser und Berge auf; unter mir Saaten, Büsche und Wiesen bunt vorüberfliegend, über mir unzählige Lerchen in der klaren blauen Luft – ich schämte mich laut zu schreien, aber innerlichst jauchzte ich und strampelte und tanzte auf dem Wagentritt herum, daß ich bald meine Geige verloren hätte, die ich unterm Arme hielt. Wie aber denn die Sonne immer höher stieg, rings am Horizont schwere weiße Mittagswolken aufstiegen, und alles in der Luft und auf der weiten Fläche so leer und schwül und still wurde über den leise wogenden Kornfeldern, da fiel mir erst wieder mein Dorf ein und mein Vater und unsere Mühle, wie es da so heimlich kühl war an dem schattigen Weiher, und daß nun alles so weit, weit hinter mir lag. Mir war dabei so kurios zu Muthe, als müßt' ich wieder umkehren; ich steckte meine Geige zwischen Rock und Weste, setzte mich voller Gedanken auf den Wagentritt hin und schlief ein.

Erstes Kapitel.

Als ich die Augen aufschlug, stand der Wagen still unter hohen Lindenbäumen, hinter denen eine breite Treppe zwischen Säulen in ein prächtiges Schloß führte. Seitwärts durch die Bäume sah ich die Thürme von W. Die Damen waren, wie es schien, längst ausgestiegen, die Pferde abgespannt. Ich erschrack sehr, da ich auf einmal so allein saß, und sprang geschwind in das Schloß hinein, da hörte ich von oben aus dem Fenster lachen.

In diesem Schlosse ging es mir wunderlich. Zuerst wie ich mich in der weiten kühlen Vorhalle umschaue, klopft mir Jemand mit dem Stocke auf die Schulter. Ich kehre mich schnell herum, da steht ein großer Herr in Staatskleidern, ein breites Bandelier von Gold und Seide bis an die Hüften übergehängt, mit einem oben versilberten Stabe in der Hand, und einer außerordentlich langen gebognen kurfürstlichen Nase im Gesicht, breit und prächtig wie ein aufgeblasener Puter, der mich frägt, was ich hier will. Ich war ganz verblüfft und konnte vor Schreck und Erstaunen nichts hervor bringen. Darauf kamen mehrere Bedienten die Treppe herauf und herunter gerennt, die sagten gar nichts, sondern sahen mich nur von oben bis unten an. Sodann kam eine Kammerjungfer (wie ich nachher hörte) grade auf mich los und sagte: ich wäre ein scharmanter Junge, und die gnädige Herrschaft ließe mich fragen, ob ich hier als Gärtnerbursche dienen wollte? – Ich griff nach der Weste; meine paar Groschen, weiß Gott, sie müssen beim herum tanzen auf dem Wagen aus der Tasche gesprungen seyn, waren weg, ich hatte nichts als mein Geigenspiel, für das mir überdies auch der Herr mit dem Stabe, wie er mir im Vorbeigehn sagte, nicht einen Heller geben wollte. Ich sagte daher in meiner Herzensangst zu der Kammerjungfer: Ja, noch immer die Augen von der Seite auf die unheimliche Gestalt gerichtet, die immerfort wie der Perpendickel einer Thurmuhr in der Halle auf und ab wandelte, und eben wieder majestätisch und schauerlich aus dem Hintergrunde heraufgezogen kam. Zuletzt kam endlich der Gärtner, brummte was von Gesindel und Bauerlümmel unterm

Bart, und führte mich nach dem Garten, während er mir unterwegs noch eine lange Predigt hielt: wie ich nur fein nüchtern und arbeitsam seyn, nicht in der Welt herumvagieren, keine brodtlosen Künste und unnützes Zeug treiben solle, da könnt ich es mit der Zeit auch einmal zu was Rechtem bringen. – Es waren noch mehr sehr hübsche, gutgesetzte, nützliche Lehren, ich habe nur seitdem fast alles wieder vergessen. Ueberhaupt weiß ich eigentlich gar nicht recht, wie doch alles so gekommen war, ich sagte nur immerfort zu allem: Ja, – denn mir war wie einem Vogel, dem die Flügel begossen worden sind. – So war ich denn, Gott sey Dank, im Brodte. –

In dem Garten war schön leben, ich hatte täglich mein warmes Essen vollauf, und mehr Geld als ich zu Weine brauchte, nur hatte ich leider ziemlich viel zu thun. Auch die Tempel, Lauben und schönen grünen Gänge, das gefiel mir alles recht gut, wenn ich nur hätte ruhig drinn herumspazieren können und vernünftig diskuriren, wie die Herren und Damen, die alle Tage dahin kamen. So oft der Gärtner fort und ich allein war, zog ich sogleich mein kurzes Tabackspfeifchen heraus, setzte mich hin, und sann auf schöne höfliche Redensarten, wie ich die eine junge schöne Dame, die mich in das Schloß mitbrachte, unterhalten wollte, wenn ich ein Kavalier wäre und mit ihr hier herumginge. Oder ich legte mich an schwülen Nachmittagen auf den Rücken hin, wenn alles so still war, daß man nur die Bienen sumsen hörte, und sah zu wie über mir die Wolken nach meinem Dorfe zuflogen und die Gräser und Blumen sich hin und her bewegten, und gedachte an die Dame, und da geschah es denn oft, daß die schöne Frau mit der Guitarre oder einem Buche in der Ferne wirklich durch den Garten zog, so still, groß und freundlich wie ein Engelsbild, so daß ich nicht recht wußte, ob ich träumte oder wachte.

So sang ich auch einmal, wie ich eben bei einem Lusthause zur Arbeit vorbey ging, für mich hin:

Wohin ich geh' und schaue,

In Feld und Wald und Thal

Vom Berg' in's Himmelsblaue,

Viel schöne gnäd'ge Fraue,

Grüß' ich Dich tausendmal.

Da seh' ich aus dem dunkelkühlen Lusthause zwischen den halbgeöffneten Jalousien und Blumen, die dort standen, zwei schöne junge frische Augen hervorfunkeln. Ich war ganz erschrocken, ich sang das Lied nicht aus, sondern ging, ohne mich umzusehen, fort an die Arbeit.

Abends, es war grade an einem Sonnabend, und ich stand eben in der Vorfreude kommenden Sonntags mit der Geige im Gartenhause am Fenster und dachte noch an die funkelnden Augen, da kommt auf einmal die Kammerjungfer durch die Dämmerung dahergestrichen. „Da schickt Euch die vielschöne gnädige Frau was, das sollt Ihr auf ihre Gesundheit trinken. Eine gute Nacht auch!" Damit setzte sie mir fix eine Flasche Wein auf's Fenster und war sogleich wieder zwischen den Blumen und Hecken verschwunden, wie eine Eidechse.

Ich aber stand noch lange vor der wundersamen Flasche, und wußte nicht wie mir geschehen war. – Und hatte ich vorher lustig die Geige gestrichen, so spielt' und sang ich jetzt erst recht, und sang das Lied von der schönen Frau ganz aus und alle meine Lieder, die ich nur wußte, bis alle Nachtigallen draußen erwachten und Mond und Sterne schon lange über dem Garten standen. Ja, das war einmal eine gute schöne Nacht!

Es wird keinem an der Wiege gesungen, was künftig aus ihm wird, eine blinde Henne find't manchmal auch ein Korn, wer zuletzt lacht, lacht am besten, unverhofft kommt oft, der Mensch denkt und Gott lenkt, so meditirt' ich, als ich am folgenden Tage wieder mit meiner Pfeife im Garten saß und es mir dabei, da ich so aufmerksam an mir herunter sah, fast vorkommen wollte, als wäre ich doch eigentlich ein rechter Lump. – Ich stand nunmehr, ganz wider meine sonstige Gewohnheit, alle Tage sehr zeitig auf, eh' sich noch der Gärtner und die andern Arbeiter rührten. Da war es so wunderschön draußen im Garten. Die Blumen, die Springbrunnen, die Rosenbüsche und der ganze Garten funkelten von der Morgensonne wie lauter Gold und Edelstein. Und in den hohen Buchen-Alleen, da war es noch so still, kühl und andächtig wie in einer Kirche, nur die Vögel flatterten und pickten auf dem Sande. Gleich vor dem Schlosse, grade unter den Fenstern, wo die schöne Frau wohnte, war ein blühender Strauch. Dorthin ging ich dann immer am frühesten Morgen und duckte mich hinter die Aeste, um so nach den Fenstern zu sehen, denn mich im Freien zu produziren hatt' ich keine Kourage. Da sah ich nun allemal die allerschönste Dame noch heiß und halb verschlafen im schneeweißen Kleide an das offne Fenster hervortreten. Bald flocht sie sich die dunkelbraunen Haare und ließ dabei die anmuthig spielenden Augen über Busch und Garten ergehen, bald bog und band sie die Blumen, die vor ihrem Fenster standen, oder sie nahm auch die Guitarre in den weißen Arm und sang dazu so wundersam über den Garten hinaus, daß sich mir noch das Herz umwenden will vor Wehmuth, wenn mir eins von den Liedern bisweilen einfällt – und ach das alles ist schon lange her!

So dauerte das wohl über eine Woche. Aber das einemal, sie stand grade wieder am Fenster und alles war stille rings umher, fliegt mir eine fatale Fliege in die Nase und ich gebe mich an ein erschreckliches Niesen das gar nicht enden will. Sie legt sich weit zum Fenster hinaus und sieht mich Aermsten hinter dem Strauche lauschen. – Nun schämte ich mich und kam viele Tage nicht hin.

Endlich wagte ich es wieder, aber das Fenster blieb diesmal zu, ich saß vier, fünf, sechs Morgen hinter dem Strauche, aber sie kam nicht wieder an's Fenster. Da wurde mir die Zeit lang, ich faßte ein Herz und ging nun alle Morgen frank und frei längs dem Schlosse unter allen Fenstern hin. Aber die liebe schöne Frau blieb immer und immer aus. Eine Strecke weiter sah ich dann immer die andere Dame am Fenster stehn. Ich hatte sie sonst so genau noch niemals gesehen. Sie war wahrhaftig recht schön roth und dick und gar prächtig und hoffärtig anzusehn, wie eine Tulipane. Ich machte ihr immer ein tiefes Kompliment, und, ich kann nicht anders sagen, sie dankte mir jedesmal und nickte und blinzelte mit den Augen dazu ganz außerordentlich höflich. – Nur ein einzigesmal glaub' ich gesehn zu haben, daß auch die Schöne an ihrem Fenster hinter der Gardine stand und versteckt hervor guckte. –

Viele Tage gingen jedoch ins Land, ohne daß ich sie sah. Sie kam nicht mehr in den Garten, sie kam nicht mehr an's Fenster. Der Gärtner schalt mich einen faulen Bengel, ich war verdrüßlich, meine eigne Nasenspitze war mir im Wege, wenn ich in Gottes freie Welt hinaus sah.

So lag ich eines Sonntags Nachmittag im Garten und ärgerte mich, wie ich so in die blauen Wolken meiner Tabackspfeife hinaussah, daß ich mich nicht auf ein anderes Handwerk gelegt, und mich also morgen nicht auch wenigstens auf einen blauen Montag zu freuen hätte. Die andern Bursche waren indeß alle wohlausstaffirt nach den Tanzböden in der nahen Vorstadt hinausgezogen. Da wallte und wogte alles im Sonntagsputze in der warmen Luft zwischen den lichten Häusern und wandernden Leierkasten schwärmend hin und zurück. Ich aber saß wie ein Rohrdommel im Schilfe eines einsamen Weihers im Garten und schaukelte mich auf dem Kahne, der dort angebunden war, während die Vesperglocken aus der Stadt über den Garten herüberschallten und die Schwäne auf dem

Wasser langsam neben mir hin und her zogen. Mir war zum Sterben bange. –

Während deß hörte ich von weitem allerlei Stimmen, lustiges Durcheinandersprechen und Lachen, immer näher und näher, dann schimmerten roth' und weiße Tücher, Hüte und Federn durch's Grüne, auf einmal kommt ein heller lichter Haufen von jungen Herren und Damen vom Schlosse über die Wiese auf mich los, meine beide Damen mitten unter ihnen. Ich stand auf und wollte weggehen, da erblickte mich die ältere von den schönen Damen. „Ey, das ist ja wie gerufen," rief sie mir mit lachendem Munde zu, „fahr' Er uns doch an das jenseitige Ufer über den Teich!" Die Damen stiegen nun eine nach der andern vorsichtig und furchtsam in den Kahn, die Herren halfen ihnen dabei und machten sich ein wenig groß mit ihrer Kühnheit auf dem Wasser. Als sich darauf die Frauen alle auf die Seitenbänke gelagert hatten, stieß ich vom Ufer. Einer von den jungen Herren, der ganz vorn stand, fing unmerklich an zu schaukeln. Da wandten sich die Damen furchtsam hin und her, einige schrien gar. Die schöne Frau welche eine Lilie in der Hand hielt, saß dicht am Bord des Schiffleins und sah still-lächelnd in die klaren Wellen hinunter, die sie mit der Lilie berührte, so daß ihr ganzes Bild zwischen den wiederscheinenden Wolken und Bäumen im Wasser noch einmal zu sehen war, wie ein Engel, der leise durch den tiefen blauen Himmelsgrund zieht.

Wie ich noch so auf sie hinsehe, fällt's auf einmal der andern lustigen Dicken von meinen zwei Damen ein, ich sollte ihr während der Fahrt Eins singen. Geschwind dreht sich ein sehr zierlicher junger Herr mit einer Brille auf der Nase, der neben ihr saß, zu ihr herum, küßt ihr sanft die Hand und sagt: „Ich danke ihnen für den sinnigen Einfall! ein Volkslied, gesungen vom Volk in freiem Feld und Wald, ist ein Alpenröslein auf der Alpe selbst, – die Wunderhörner sind nur Herbarien, – ist die Seele der

National-Seele." Ich aber sagte, ich wisse nichts zu singen, was für solche Herrschaften schön genug wäre. Da sagte die schnippische Kammerjungfer, die mit einem Korbe voll Tassen und Flaschen hart neben mir stand und die ich bis jetzt noch gar nicht bemerkt hatte: „Weiß Er doch ein recht hübsches Liedchen von einer vielschönen Fraue." – „Ja, ja, das sing Er nur recht dreist weg," rief darauf sogleich die Dame wieder. Ich wurde über und über roth. – Indem blickte auch die schöne Frau auf einmal vom Wasser auf, und sah mich an, daß es mir durch Leib und Seele ging. Da besann ich mich nicht lange, faßt' ein Herz, und sang so recht aus voller Brust und Lust:

Wohin ich geh' und schaue,

In Feld und Wald und Thal

Vom Berg hinab in die Aue:

Viel schöne, hohe Fraue,

Grüß ich Dich tausendmal.

In meinem Garten find' ich

Viel Blumen, schön und fein,

Viel Kränze wohl d'raus wind' ich

Und tausend Gedanken bind' ich

Und Grüße mit darein.

Ihr darf ich keinen reichen,

Sie ist zu hoch und schön,

Die müssen alle verbleichen,

Die Liebe nur ohne Gleichen

Bleibt ewig im Herzen stehn.

Ich schein' wohl froher Dinge

Und schaffe auf und ab,

Und, ob das Herz zerspringe,

Ich grabe fort und singe

Und grab' mir bald mein Grab.

Wir stießen ans Land, die Herrschaften stiegen alle aus, viele von den jungen Herren hatten mich, ich bemerkt' es wohl, während ich sang mit listigen Mienen und Flüstern verspottet vor den Damen. Der Herr mit der Brille faßte mich im Weggehen bey der Hand und sagte mir, ich weiß selbst nicht mehr was, die ältere von meinen Damen sah mich sehr freundlich an. Die schöne Frau hatte während meines ganzen Liedes die Augen niedergeschlagen und ging nun auch fort und sagte gar nichts. – Mir aber standen die Thränen in den Augen schon wie ich noch sang, das Herz wollte mir zerspringen von dem Liede vor Schaam und vor Schmerz, es fiel mir jetzt auf einmal alles recht ein, wie Sie so schön ist und ich so arm bin und verspottet und verlassen von der Welt, – und als sie alle hinter den Büschen verschwunden waren, da konnt' ich mich nicht länger halten, ich warf mich in das Gras hin und weinte bitterlich.

Zweites Kapitel.

Dicht am herrschaftlichen Garten ging die Landstraße vorüber, nur durch eine hohe Mauer von derselben geschieden. Ein gar sauberes Zollhäuschen mit rothem Ziegeldache war da erbaut, und hinter demselben ein kleines buntumzäuntes Blumengärtchen, das durch eine Lücke in der Mauer des Schloßgartens hindurch an den schattigsten und verborgensten Theil des letzteren stieß. Dort war eben der Zolleinnehmer gestorben, der das alles sonst bewohnte. Da kam des einen Morgens frühzeitig, da ich noch im tiefsten Schlafe lag, der Schreiber vom Schlosse zu mir und rief mich schleunigst zum Herrn Amtmann. Ich zog mich geschwind an und schlenderte hinter dem lustigen Schreiber her, der unterwegs bald da bald dort eine Blume abbrach und vorn an den Rock steckte, bald mit seinem Spazierstöckchen künstlich in der Luft herumfocht und allerlei zu mir in den Wind hineinparlirte, wovon ich aber nichts verstand, weil mir die Augen und Ohren noch voller Schlaf lagen. Als ich in die Kanzlei trat, wo es noch gar nicht recht Tag war, sah der Amtmann hinter einem ungeheuren Dintenfasse und Stößen von Papier und Büchern und einer ansehnlichen Perücke, wie die Eule aus ihrem Nest, auf mich und hob an: „Wie heißt Er? Woher ist Er? Kann Er schreiben, lesen und rechnen?" Da ich das bejahte, versetzte er: „Na, die gnädige Herrschaft hat Ihm, in Betrachtung Seiner guten Aufführung und besondern Meriten, die ledige Einnehmer-Stelle zugedacht." – Ich überdachte in der Geschwindigkeit für mich meine bisherige Aufführung und Manieren, und ich mußte gestehen, ich fand am Ende selber, daß der Amtmann Recht hatte. – Und so war ich denn wirklich Zolleinnehmer, ehe ich mich's versah.

Ich bezog nun sogleich meine neue Wohnung und war in kurzer Zeit eingerichtet. Ich hatte noch mehrere Geräthschaften gefunden, die der selige Einnehmer seinem Nachfolger hinterlassen, unter andern einen prächtigen rothen Schlafrock mit gelben Punkten,

Zweites Kapitel.

grüne Pantoffeln, eine Schlafmütze und einige Pfeifen mit langen Röhren. Das alles hatte ich mir schon einmal gewünscht als ich noch zu Hause war, wo ich immer unsern Pfarrer so kommode herumgehen sah. Den ganzen Tag, (zu thun hatte ich weiter nichts) saß ich daher auf dem Bänkchen vor meinem Hause in Schlafrock und Schlafmütze, rauchte Taback aus dem längsten Rohre, das ich nach dem seligen Einnehmer gefunden hatte, und sah zu, wie die Leute auf der Landstraße hin- und hergingen, fuhren und ritten. Ich wünschte nur immer, daß auch einmal ein paar Leute aus meinem Dorfe, die immer sagten, aus mir würde mein Lebtage nichts, hier vorüber kommen und mich so sehen möchten. – Der Schlafrock stand mir schön zu Gesichte, und überhaupt das alles behagte mir sehr gut. So saß ich denn da und dachte mir mancherlei hin und her, wie aller Anfang schwer ist, wie das vornehmere Leben doch eigentlich recht kommode sei, und faßte heimlich den Entschluß, nunmehr alles Reisen zu lassen, auch Geld zu sparen wie die andern, und es mit der Zeit gewiß zu etwas Großem in der Welt zu bringen. Inzwischen vergaß ich über meinen Entschlüssen, Sorgen und Geschäften die allerschönste Frau keineswegs.

Die Kartoffeln und anderes Gemüse, das ich in meinem kleinen Gärtchen fand, warf ich hinaus und bebaute es ganz mit den auserlesensten Blumen, worüber mich der Portier vom Schlosse mit der großen kurfürstlichen Nase, der, seitdem ich hier wohnte, oft zu mir kam und mein intimer Freund geworden

war, bedenklich von der Seite ansah, und mich für einen hielt, den sein plötzliches Glück verrückt gemacht hätte. Ich aber ließ mich das nicht anfechten. Denn nicht weit von mir im herrschaftlichen Garten hörte ich feine Stimmen sprechen, unter denen ich die meiner schönen Frau zu erkennen meinte, obgleich ich wegen des dichten Gebüsches Niemand sehen konnte. Da band ich denn alle Tage einen Strauß von den schönsten Blumen die ich hatte, stieg

Zweites Kapitel.

jeden Abend, wenn es dunkel wurde, über die Mauer, und legte ihn auf einen steinernen Tisch hin, der dort inmitten einer Laube stand; und jeden Abend wenn ich den neuen Strauß brachte, war der alte von dem Tische fort.

Eines Abends war die Herrschaft auf die Jagd geritten; die Sonne ging eben unter und bedeckte das ganze Land mit Glanz und Schimmer, die Donau schlängelte sich prächtig wie von lauter Gold und Feuer in die weite Ferne, von allen Bergen bis tief ins Land hinein sangen und jauchzten die Winzer. Ich saß mit dem Portier auf dem Bänkchen vor meinem Hause, und freute mich in der lauen Luft, und wie der lustige Tag so langsam vor uns verdunkelte und verhallte. Da ließen sich auf einmal die Hörner der zurückkehrenden Jäger von Ferne vernehmen, die von den Bergen gegenüber einander von Zeit zu Zeit lieblich Antwort gaben. Ich war recht im innersten Herzen vergnügt und sprang auf und rief wie bezaubert und verzückt vor Lust: „Nein, das ist mir doch ein Metier, die edle Jägerei!" Der Portier aber klopfte sich ruhig die Pfeife aus und sagte: „Das denkt Ihr Euch just so. Ich habe es auch mitgemacht, man verdient sich kaum die Sohlen, die man sich abläuft; und Husten und Schnupfen wird man erst gar nicht los, das kommt von den ewig nassen Füßen." – Ich weiß nicht, mich packte da ein närrischer Zorn, daß ich ordentlich am ganzen Leibe zitterte. Mir war auf einmal der ganze Kerl mit seinem langweiligen Mantel, die ewigen Füße, sein Tabacksschnupfen, die große Nase und alles abscheulich. – Ich faßte ihn, wie außer mir, bei der Brust und sagte: „Portier, jetzt schert Ihr Euch nach Hause, oder ich prügle Euch hier sogleich durch!" Den Portier überfiel bei diesen Worten seine alte Meinung, ich wäre, verrückt geworden. Er sah mich bedenklich und mit heimlicher Furcht an, machte sich, ohne ein Wort zu sprechen, von mir los und ging, immer noch unheimlich nach mir zurück blickend, mit langen Schritten nach dem Schlosse, wo er athemlos aussagte, ich sei nun wirklich rasend geworden.

Zweites Kapitel.

Ich aber mußte am Ende laut auflachen und war herzlich froh, den superklugen Gesellen los zu seyn, denn es war grade die Zeit, wo ich den Blumenstrauß immer in die Laube zu legen pflegte. Ich sprang auch heute schnell über die Mauer und ging eben auf das steinerne Tischchen los, als ich in einiger Entfernung Pferdetritte vernahm. Entspringen konnt' ich nicht mehr, denn schon kam meine schöne gnädige Frau selber, in einem grünen Jagdhabit und mit nickenden Federn auf dem Hute, langsam und wie es schien in tiefen Gedanken die Allee herabgeritten. Es war mir nicht anders zu Muthe, als da ich sonst in den alten Büchern bei meinem Vater von der schönen Magelone gelesen, wie sie so zwischen den immer näher schallenden Waldhornsklängen und wechselnden Abendlichtern unter den hohen Bäumen hervor kam, – ich konnte nicht vom Fleck. Sie aber erschrack heftig, als sie mich auf einmal gewahr wurde, und hielt fast unwillkührlich still. Ich war wie betrunken vor Angst, Herzklopfen und großer Freude, und da ich bemerkte, daß sie wirklich meinen Blumenstrauß von gestern an der Brust hatte, konnte ich mich nicht länger halten, sondern sagte ganz verwirrt: „Schönste gnädige Frau, nehmt auch noch diesen Blumenstrauß von mir, und alle Blumen aus meinem Garten und alles was ich habe. Ach könnt' ich nur für Euch in's Feuer springen!" – Sie hatte mich gleich anfangs so ernsthaft und fast böse angeblickt, daß es mir durch Mark und Bein ging, dann aber hielt sie, so lange ich redete, die Augen tief niedergeschlagen. So eben ließen sich einige Reuter und Stimmen im Gebüsch hören. Da ergriff sie schnell den Strauß aus meiner Hand und war bald, ohne ein Wort zu sagen, am andern Ende des Bogenganges verschwunden.

Seit diesem Abend hatte ich weder Ruh' noch Rast mehr. Es war mir beständig zu Muthe wie sonst immer, wenn der Frühling anfangen sollte, so unruhig und fröhlich, ohne daß ich wußte warum, als stünde mir ein großes Glück oder sonst etwas Außerordentliches bevor. Besonders das fatale Rechnen wollte mir nun erst gar nicht mehr von der Hand, und ich hatte, wenn der Sonnenschein durch den Kastanienbaum vor dem Fenster grüngolden auf die Ziffern fiel, und so fix vom Transport bis zum Latus und wieder hinauf und hinab addirte, gar seltsame Gedanken dabei, so daß ich manchmal ganz verwirrt wurde, und wahrhaftig nicht bis drei zählen konnte. Denn die acht kam mir immer vor wie meine dicke enggeschnürte Dame mit dem breiten Kopfputz, die böse sieben war gar wie ein ewig rückwärts zeigender Wegweiser oder Galgen. – Am meisten Spaß machte mir noch die neun, die sich mir so oft, eh' ich mich's versah, lustig als sechs auf den Kopf stellte, während die zwei wie ein Fragezeichen so pfiffig drein sah, als wollte sie mich fragen: Wo soll das am Ende noch hinaus mit Dir, Du arme Null? Ohne Sie, diese schlanke Eins und Alles, bleibst Du doch ewig Nichts!

Auch das Sitzen draußen vor der Thür wollte mir nicht mehr behagen. Ich nahm mir, um es kommoder zu haben, einen Schemel mit heraus und streckte die Füße darauf, ich flickte ein altes Parasol vom Einnehmer, und steckte es gegen die Sonne wie ein chinesisches Lusthaus über mich. Aber es half nichts. Es schien mir, wie ich so saß und rauchte und spekulirte, als würden mir allmählig die Beine immer länger vor Langerweile, und die Nase wüchse mir vom Nichtsthun, wenn ich so stundenlang an ihr herunter sah. – Und wenn denn manchmal noch vor Tagesanbruch eine Extrapost vorbei kam, und ich trat halb verschlafen in die kühle Luft hinaus, und ein niedliches Gesichtchen, von dem man in der Dämmerung nur die funkelnden Augen sah, bog sich neugierig zum Wagen hervor und bot mir freundlich einen guten Morgen, in den Dörfern aber ringsumher krähten die Hähne so frisch über die leisewogenden Kornfelder herüber, und zwischen den Morgenstreifen hoch am Himmel schweiften schon einzelne zu früh erwachte Lerchen, und der Postillon nahm dann sein Posthorn und fuhr weiter und blies und blies – da stand ich lange

Zweites Kapitel.

und sah dem Wagen nach, und es war mir nicht anders, als müßt' ich nur sogleich mit fort, weit, weit in die Welt. –

Meine Blumensträuße legte ich indeß immer noch, sobald die Sonne unterging, auf den steinernen Tisch in der dunkeln Laube. Aber das war es eben: damit war es nun aus seit jenem Abend. – Kein Mensch kümmerte sich darum: so oft ich des Morgens frühzeitig nachsah, lagen die Blumen noch immer da wie gestern, und sahen mich mit ihren verwelkten niederhängenden Köpfchen und darauf stehenden Thautropfen ordentlich betrübt an, als ob sie weinten. – Das verdroß mich sehr. Ich band gar keinen Strauß mehr. In meinem Garten mochte nun auch das Unkraut treiben wie es wollte, und die Blumen ließ ich ruhig stehn und wachsen bis der Wind die Blätter verwehte. War mir's doch eben so wild und bunt und verstört im Herzen.

In diesen kritischen Zeitläuften geschah es denn, daß einmal, als ich eben zu Hause im Fenster liege und verdrüßlich in die leere Luft hinaus sehe, die Kammerjungfer vom Schlosse über die Straße daher getrippelt kommt. Sie lenkte, da sie mich erblickte, schnell zu mir ein und blieb am Fenster stehen. – „Der gnädige Herr ist gestern von seiner Reise zurückgekommen," sagte sie eilfertig. „So?" entgegnete ich verwundert – denn ich hatte mich schon seit einigen Wochen um nichts bekümmert, und wußte nicht einmal, daß der Herr auf Reisen war, – „da wird seine Tochter, die junge gnädige Frau, auch große Freude gehabt haben." – Die Kammerjungfer sah mich kurios von oben bis unten an, so daß ich mich ordentlich selber besinnen mußte, ob ich was Dummes gesagt hatte. – „Er weiß aber auch gar nichts," sagte sie endlich und rümpfte das kleine Näschen- „Nun," fuhr sie fort,„es soll heute Abend dem Herrn zu Ehren Tanz im Schlosse seyn und Maskerade. Meine gnädige Frau wird auch maskirt seyn, als Gärtnerin – versteht er auch recht – als Gärtnerin. Nun hat die gnädige Frau gesehen, daß er besonders schöne Blumen hat in seinem Garten." –

Zweites Kapitel.

Das ist seltsam, dachte ich bei mir selbst, man sieht doch jetzt fast keine Blumen mehr vor Unkraut. – Sie aber fuhr fort: „Da nun die gnädige Frau schöne Blumen zu ihrem Anzuge braucht, aber ganz frische, die eben vom Beete kommen, so soll Er ihr welche bringen und heute Abend, wenns dunkel geworden ist, damit unter dem großen Birnbaum im Schloßgarten warten, da wird sie dann kommen und die Blumen abholen."

Ich war ganz verblüfft vor Freude über diese Nachricht, und lief in meiner Entzückung vom Fenster zu der Kammerjungfer hinaus. –

„Pfui, der garstige Schlafrock!" rief diese aus, da sie mich auf einmal so in meinem Aufzuge im Freien sah. Das ärgerte mich, ich wollte auch nicht dahinter bleiben in der Galanterie, und machte einige artige Kapriolen, um sie zu erhaschen und zu küssen. Aber unglücklicher Weise verwickelte sich mir dabei der Schlafrock, der mir viel zu lang war, unter den Füßen, und ich fiel der Länge nach auf die Erde. Als ich mich wieder zusammen raffte, war die Kammerjungfer schon weit fort, und ich hörte sie noch von Ferne lachen, daß sie sich die Seiten halten mußte.

Nun aber hatt' ich was zu sinnen und mich zu freuen. Sie dachte ja noch immer an mich und meine Blumen! Ich ging in mein Gärtchen und riß hastig alles Unkraut von den Beeten, und warf es hoch über meinen Kopf weg in die schimmernde Luft, als zög' ich alle Uebel und Melancholie mit der Wurzel heraus. Die Rosen waren nun wieder wie ihr Mund, die himmelblauen Winden wie ihre Augen, die schneeweiße Lilie mit ihrem schwermüthig gesenkten Köpfchen sah ganz aus wie Sie. Ich legte alle sorgfältig in einem Körbchen zusammen. Es war ein stiller schöner Abend und kein Wölkchen am Himmel. Einzelne Sterne traten schon am Firmamente hervor, von weitem rauschte die Donau über die Felder herüber, in den hohen Bäumen im herrschaftlichen Garten neben mir sangen unzählige Vögel lustig durcheinander. Ach, ich war so glücklich!

Zweites Kapitel.

Als endlich die Nacht hereinbrach, nahm ich mein Körbchen an den Arm und machte mich auf den Weg nach dem großen Garten. In dem Körbchen lag alles so bunt und anmuthig durcheinander, weiß, roth, blau und duftig, daß mir ordentlich das Herz lachte, wenn ich hinein sah.

Ich ging voller fröhlicher Gedanken bei dem schönen Mondschein durch die stillen, reinlich mit Sand bestreuten Gänge über die kleinen weißen Brücken, unter denen die Schwäne eingeschlafen auf dem Wasser saßen, an den zierlichen Lauben und Lusthäusern vorüber. Den großen Birnbaum hatte ich gar bald aufgefunden, denn es war derselbe, unter dem ich sonst, als ich noch Gärtnerbursche war, an schwülen Nachmittagen gelegen.

Hier war es so einsam dunkel. Nur eine hohe Espe zitterte und flüsterte mit ihren silbernen Blättern in einem fort. Vom Schlosse schallte manchmal die Tanzmusik herüber. Auch Menschenstimmen hörte ich zuweilen im Garten, die kamen oft ganz nahe an mich heran, dann wurde es auf einmal wieder ganz still.

Mir klopfte das Herz. Es war mir schauerlich und seltsam zu Muthe, als wenn ich jemanden bestehlen wollte. Ich stand lange Zeit stockstill an den Baum gelehnt und lauschte nach allen Seiten, da aber immer Niemand kam, konnt' ich es nicht länger aushalten. Ich hing mein Körbchen an den Arm und kletterte schnell auf den Birnbaum hinauf, um wieder im Freien Luft zu schöpfen.

Da droben schallte mir die Tanzmusik erst recht über die Wipfel entgegen. Ich übersah den ganzen Garten und grade in die hellerleuchteten Fenster des Schlosses hinein. Dort drehten sich die Kronleuchter langsam wie Kränze von Sternen, unzählige geputzte Herren und Damen, wie in einem Schattenspiele, wogten und walzten und wirrten da bunt und unkenntlich durcheinander, manchmal legten sich welche ins Fenster und sahen hinunter in den Garten. Draußen vor dem Schlosse aber waren der Rasen, die Sträucher und die Bäume von den vielen Lichtern aus dem Saale wie vergoldet, so daß ordentlich die Blumen und die Vögel aufzuwachen schienen. Weiterhin um mich herum und hinter mir lag der Garten so schwarz und still.

Da tanzt Sie nun, dacht' ich in dem Baume droben bei mir selber, und hat gewiß lange wieder Dich und Deine Blumen vergessen. Alles ist so fröhlich, um Dich kümmert sich kein Mensch. – Und so geht es mir überall und immer. Jeder hat sein Plätzchen auf der Erde ausgesteckt, hat seinen warmen Ofen, seine Tasse Kaffee, seine Frau, sein Glas Wein zu Abend, und ist so recht zufrieden; selbst dem Portier ist ganz wohl in seiner langen Haut. – Mir ist's nirgends recht. Es ist, als wäre ich überall eben zu spät gekommen, als hätte die ganze Welt gar nicht auf mich gerechnet. –

Wie ich eben so philosophire, höre ich auf einmal unten im Grase etwas einherrascheln. Zwei feine Stimmen sprachen ganz nahe und leise miteinander. Bald darauf bogen sich die Zweige in dem Gesträuch auseinander, und die Kammerjungfer steckte ihr kleines Gesichtchen, sich nach allen Seiten umsehend, zwischen der Laube hindurch. Der Mondschein funkelte recht auf ihren pfiffigen Augen, wie sie hervorguckten. Ich hielt den Athem an mich und blickte unverwandt hinunter. Es dauerte auch nicht lange, so trat wirklich die Gärtnerin, ganz so wie mir sie die Kammerjungfer gestern beschrieben hatte, zwischen den Bäumen heraus. Mein Herz klopfte mir zum zerspringen. Sie aber hatte eine Larve vor und sah sich, wie mir schien, verwundert auf dem Platze um. – Da wollt's mir vorkommen, als wäre sie gar nicht recht schlank und niedlich. – Endlich trat sie ganz nahe an den Baum und nahm die Larve ab. – Es war wahrhaftig die andere ältere gnädige Frau!

Wie froh war ich nun, als ich mich vom ersten Schreck erholt hatte, daß ich mich hier oben in Sicherheit befand. Wie in aller Welt, dachte ich, kommt die nur jetzt hierher? wenn nun die liebe schöne gnädige Frau die Blumen abholt, – das wird eine schöne Geschichte werden! Ich hätte am Ende weinen mögen vor Aerger über den ganzen Spektakel.

Indem hub die verkappte Gärtnerin unten an: „Es ist so stickend heiß droben im Saale, ich mußte mich ein wenig abkühlen gehen in der freien schönen Natur." Dabei fächelte sie sich mit der Larve in einem fort und blies die Luft von sich. Bei dem hellen Mondschein konnt' ich deutlich erkennen, wie ihr die Flechsen am Halse ordentlich aufgeschwollen waren; sie sah ganz erboßt aus und ziegelroth im Gesichte. Die Kammerjungfer suchte unterdeß hinter allen Hecken herum, als hätte sie eine Stecknadel verloren. –

„Ich brauche so nothwendig noch frische Blumen zu meiner Maske," fuhr die Gärtnerin von neuem fort, „wo er auch stecken mag!" – Die Kammerjungfer suchte und kicherte dabei immer fort heimlich in sich selbst hinein. – „Sagtest Du was, Rosette?" fragte die Gärtnerin spitzig. – „Ich sage was ich immer gesagt habe," erwiederte die Kammerjungfer und machte ein ganz ernsthaftes treuherziges Gesicht, „der ganze Einnehmer ist und bleibt ein Lümmel, er liegt gewiß irgendwo hinter einem Strauche und schläft."

Mir zuckte es in allen meinen Gliedern, herunter zu springen und meine Reputation zu retten – da hörte man auf einmal ein großes Paucken und Musiziren und Lärmen vom Schlosse her.

Nun hielt sich die Gärtnerin nicht länger. „Da bringen die Menschen," fuhr sie verdrüßlich auf, „dem Herrn das Vivat. Komm, man wird uns vermissen!" – Und hiermit steckte sie die Larve schnell vor und ging wüthend mit der Kammerjungfer nach dem Schlosse zu fort. Die Bäume und Sträucher wiesen kurios, wie mit langen Nasen und Fingern hinter ihr drein, der

Zweites Kapitel.

Mondschein tanzte noch fix, wie über eine Klaviatur, über ihre breite Taille auf und nieder, und so nahm sie, so recht wie ich auf dem Theater manchmal die Sängerinnen gesehn, unter Trompeten und Pauken schnell ihren Abzug.

Ich aber wußte in meinem Baume droben eigentlich gar nicht recht, wie mir geschehen, und richtete nunmehr meine Augen unverwandt auf das Schloß hin; denn ein Kreis hoher Windlichter unten an den Stufen des Einganges warf dort einen seltsamen Schein über die blitzenden Fenster und weit in den Garten hinein. Es war die Dienerschaft, die so eben ihrer jungen Herrschaft ein Ständchen brachte. Mitten unter ihnen stand der prächtig aufgeputzte Portier wie ein Staatsminister, vor einem Notenpulte, und arbeitete sich emsig an einem Fagot ab.

Wie ich mich so eben zurecht setzte, um der schönen Serenade zuzuhören, gingen auf einmal oben auf dem Balkon des Schlosses die Flügelthüren auf. Ein hoher Herr, schön und stattlich in Uniform und mit vielen funkelnden Sternen, trat auf den Balkon heraus, und an seiner Hand – die schöne junge gnädige Frau, in ganz weißem Kleide, wie eine Lilie in der Nacht, oder wie wenn der Mond über das klare Firmament zöge.

Ich konnte keinen Blick von dem Platze verwenden, und Garten, Bäume und Felder gingen unter vor meinen Sinnen, wie sie so wundersam beleuchtet von den Fackeln, hoch und schlank da stand, und bald anmuthig mit dem schönen Offizier sprach, bald wieder freundlich zu den Musikanten herunter nickte. Die Leute unten waren außer sich vor Freude, und ich hielt mich am Ende auch nicht mehr und schrie immer aus Leibeskräften Vivat mit. –

Als sie aber bald darauf wieder von dem Balkon verschwand, unten eine Fackel nach der andern verlöschte, und die Notenpulte weggeräumt wurden, und nun der Garten rings um her auch wieder finster wurde und rauschte wie vorher – da merkt' ich erst alles –

Zweites Kapitel.

da fiel es mir auf einmal auf's Herz, daß mich wohl eigentlich nur die Tante mit den Blumen bestellt hatte, daß die Schöne gar nicht an mich dachte und lange verheirathet ist, und daß ich selber ein großer Narr war.

Alles das versenkte mich recht in einen Abgrund von Nachsinnen. Ich wickelte mich, gleich einem Igel, in die Stacheln meiner eignen Gedanken zusammen; vom Schlosse schallte die Tanzmusik nur noch seltner herüber, die Wolken wanderten einsam über den dunkeln Garten weg. Und so saß ich auf dem Baume droben, wie die Nachteule, in den Ruinen meines Glück's die ganze Nacht hindurch.

Die kühle Morgenluft weckte mich endlich aus meinen Träumereien. Ich erstaunte ordentlich, wie ich so auf einmal um mich her blickte. Musik und Tanz war lange vorbei, im Schlosse und rings um das Schloß herum auf dem Rasenplatze und den steinernen Stufen und Säulen sah alles so still, kühl und feierlich aus; nur der Springbrunnen vor dem Eingange plätscherte einsam in einem fort. Hin und her in den Zweigen neben mir erwachten schon die Vögel, schüttelten ihre bunten Federn und sahen, die kleinen Flügel dehnend, neugierig und verwundert ihren seltsamen Schlafkammeraden an. Fröhlich schweifende Morgenstrahlen funkelten über den Garten weg auf meine Brust.

Da richtete ich mich in meinem Baume auf, und sah seit langer Zeit zum erstenmale wieder einmal so recht weit in das Land hinaus, wie da schon einzelne Schiffe auf der Donau zwischen den Weinbergen herabfuhren, und die noch leeren Landstraßen wie Brücken über das schimmernde Land sich fern über die Berge und Thaler hinausschwangen.

Ich weiß nicht wie es kam – aber mich packte da auf einmal wieder meine ehemalige Reiselust: alle die alte Wehmuth und Freude und große Erwartung. Mir fiel dabei zugleich ein, wie nun die schöne

Frau droben auf dem Schlosse zwischen Blumen und unter seid'nen Decken schlummerte, und ein Engel bei ihr auf dem Bette säße in der Morgenstille. – Nein, rief ich aus, fort muß ich von hier, und immer fort, so weit als der Himmel blau ist!

Und hiermit nahm ich mein Körbchen, und warf es hoch in die Luft, so daß es recht lieblich anzusehen war, wie die Blumen zwischen den Zweigen und auf dem grünen Rasen unten bunt umher lagen. Dann stieg ich selber schnell herunter und ging durch den stillen Garten auf meine Wohnung zu. Gar oft blieb ich da noch stehen auf manchem Plätzchen, wo ich sie sonst wohl einmal gesehen, oder im Schatten liegend an Sie gedacht hatte.

In und um mein Häuschen sah alles noch so aus, wie ich es gestern verlassen hatte. Das Gärtchen war geplündert und wüst, im Zimmer drin lag noch das große Rechnungsbuch aufgeschlagen, meine Geige, die ich schon fast ganz vergessen hatte, hing verstaubt an der Wand. Ein Morgenstrahl aber, aus dem gegenüberstehenden Fenster, fuhr grade blitzend über die Saiten. Das gab einen rechten Klang in meinem Herzen. Ja, sagt' ich, komm nur her, Du getreues Instrument! Unser Reich ist nicht von dieser Welt! –

Und so nahm ich die Geige von der Wand, ließ Rechnungsbuch, Schlafrock, Pantoffeln, Pfeifen und Parasol liegen und wanderte, arm wie ich gekommen war, aus meinem Häuschen und auf der glänzenden Landstraße von dannen.

Ich blickte noch oft zurück; mir war gar seltsam zu Muthe, so traurig und doch auch wieder so überaus fröhlich, wie ein Vogel, der aus seinem Käfig ausreißt. Und als ich schon eine weite Strecke gegangen war, nahm ich draußen im Freien meine Geige vor und sang:

Den lieben Gott laß ich nur walten;

Der Bächlein, Lerchen, Wald und Feld

Und Erd' und Himmel thut erhalten,

Hat auch mein Sach' auf's Best' bestellt!

Das Schloß, der Garten und die Thürme von Wien waren schon hinter mir im Morgenduft versunken, über mir jubilirten unzählige Lerchen hoch in der Luft; so zog ich zwischen den grünen Bergen und an lustigen Städten und Dörfern vorbei gen Italien hinunter.

Drittes Kapitel.

Aber das war nun schlimm! Ich hatte noch gar nicht daran gedacht, daß ich eigentlich den rechten Weg nicht wußte. Auch war rings umher kein Mensch zu sehen in der stillen Morgenstunde, den ich hätte fragen können, und nicht weit von mir theilte sich die Landstraße in viele neue Landstraßen, die gingen weit, weit über die höchsten Berge fort, als führten sie aus der Welt hinaus, so daß mir ordentlich schwindelte, wenn ich recht hinsah.

Endlich kam ein Bauer des Weges daher, der, glaub ich, nach der Kirche ging, da es heut eben Sonntag war, in einem altmodischen Ueberrocke mit großen silbernen Knöpfen und einem langen spanischen Rohr mit einem sehr massiven silbernen Stockknopf darauf, der schon von weiten in der Sonne funkelte. Ich frug ihn sogleich mit vieler Höflichkeit: „Können Sie mir nicht sagen, wo der Weg nach Italien geht?" – Der Bauer blieb stehen, sah mich an, besann sich dann mit weit vorgeschobner Unterlippe, und sah mich wieder an. Ich sagte noch einmal: „nach Italien, wo die Pommeranzen wachsen." – „Ach was gehn mich seine Pommeranzen an!" sagte der Bauer da, und schritt wacker wieder weiter. Ich hätte dem Manne mehr Konduite zugetraut, denn er sah recht stattlich aus.

Drittes Kapitel.

Was war nun zu machen? Wieder umkehren und in mein Dorf zurückgehn? Da hätten die Leute mit den Fingern auf mich gewiesen, und die Jungen wären um mich herumgesprungen: Ey, tausend willkommen aus der Welt! wie sieht es denn aus in der Welt? hat er uns nicht Pfefferkuchen mitgebracht aus der Welt? – Der Portier mit der kurfürstlichen Nase, welcher überhaupt viele Kenntnisse von der Weltgeschichte hatte, sagte oft zu mir: „Werthgeschätzter Herr Einnehmer! Italien ist ein schönes Land, da sorgt der liebe Gott für alles, da kann man sich im Sonnenschein auf den Rücken legen, so wachsen einem die Rosinen ins Maul, und wenn einen die Tarantel beißt, so tanzt man mit ungemeiner Gelenkigkeit, wenn man auch sonst nicht tanzen gelernt hat." – Nein, nach Italien, nach Italien! rief ich voller Vergnügen aus, und rannte, ohne an die verschiedenen Wege zu denken, auf der Straße fort, die mir eben vor die Füße kam.

Als ich eine Strecke so fort gewandert war, sah ich rechts von der Straße einen sehr schönen Baumgarten, wo die Morgensonne so lustig zwischen den Stämmen und Wipfeln hindurch schimmerte, daß es aussah, als wäre der Rasen mit goldenen Teppichen belegt. Da ich keinen Menschen erblickte, stieg ich über den niedrigen Gartenzaun und legte mich recht behaglich unter einem Apfelbaum ins Gras, denn von dem gestrigen Nachtlager auf dem Baume thaten mir noch alle Glieder weh. Da konnte man weit in's Land hinaussehen, und da es Sonntag war, so kamen bis aus der weitesten Ferne Glockenklänge über die stillen Felder herüber und geputzte Landleute zogen überall zwischen Wiesen und Büschen nach der Kirche. Ich war recht fröhlich im Herzen, die Vögel sangen über mir im Baume, ich dachte an meine Mühle und an den Garten der schönen gnädigen Frau, und wie das alles nun so weit weit lag – bis ich zuletzt einschlummerte. Da träumte mir, als käme die schöne Fraue aus der prächtigen Gegend unten zu mir gegangen oder eigentlich langsam geflogen zwischen den Glockenklängen, mit langen weißen Schleiern, die im

Drittes Kapitel.

Morgenrothe wehten. Dann war es wieder, als wären wir gar nicht in der Fremde, sondern bei meinem Dorfe an der Mühle in den tiefen Schatten. Aber da war alles still und leer, wie wenn die Leute Sonntag in der Kirche sind und nur der Orgelklang durch die Bäume herüber kommt, daß es mir recht im Herzen weh that. Die schöne Frau aber war sehr gut und freundlich, sie hielt mich an der Hand und ging mit mir, und sang in einemfort in dieser Einsamkeit das schöne Lied, das sie damals immer frühmorgens am offenen Fenster zur Guitarre gesungen hat, und ich sah dabei ihr Bild in dem stillen Weiher, noch viel tausendmal schöner, aber mit sonderbaren großen Augen, die mich so starr ansahen, daß ich mich beinah gefürchtet hätte. – Da fing auf einmal die Mühle, erst in einzelnen langsamen Schlägen, dann immer schneller und heftiger an zu gehen und zu brausen, der Weiher wurde dunkel und kräuselte sich, die schöne Fraue wurde ganz bleich und ihre Schleier wurden immer länger und länger und flatterten entsetzlich in langen Spitzen, wie Nebelstreifen, hoch am Himmel empor; das Sausen nahm immer mehr zu, oft war es, als bliese der Portier auf seinem Fagot dazwischen, bis ich endlich mit heftigem Herzklopfen aufwachte.

Es hatte sich wirklich ein Wind erhoben, der leise über mir durch den Apfelbaum ging; aber was so braußte und rumorte, war weder die Mühle noch der Portier, sondern derselbe Bauer, der mir vorhin den Weg nach Italien nicht zeigen wollte. Er hatte aber seinen Sonntagsstaat ausgezogen und stand in einem weißen Kamisol vor mir. „Na," sagte er, da ich mir noch den Schlaf aus den Augen wischte, „will Er etwa hier Poperenzen klauben, daß er mir das schöne Gras so zertrampelt, anstatt in die Kirche zu gehen, Er Faullenzer!" – Mich ärgert' es nur, daß mich der Grobian aufgeweckt hatte. Ich sprang ganz erboßt auf und versetzte geschwind: „Was, Er will mich hier ausschimpfen? Ich bin Gärtner gewesen, eh' Er daran dachte, und Einnehmer, und wenn er zur Stadt gefahren wäre, hätte Er die schmierige Schlafmütze vor mir abnehmen müssen, und hatte mein Haus und meinen rothen Schlafrock mit gelben Punkten." – Aber der Knollfink scheerte sich gar nichts darum, sondern stemmte beide Arme in die Seiten und sagte bloß: „Was will Er denn? he! he!" Dabei sah ich, daß es eigentlich ein kurzer, stämmiger, krummbeiniger Kerl war, und vorstehende glotzende Augen und eine rothe etwas schiefe Nase hatte. Und wie er immer fort nichts weiter sagte als: „he! – he!" - und dabei jedesmal einen Schritt näher auf mich zukam, da überfiel mich auf einmal eine so kuriose grausliche Angst, daß ich mich schnell aufmachte, über den Zaun sprang und, ohne mich umzusehen, immer fort querfeldein lief, daß mir die Geige in der Tasche klang.

Als ich endlich wieder still hielt, um Athem zu schöpfen, war der Garten und das ganze Thal nicht mehr zu sehen, und ich stand in einem schönen Walde. Aber ich gab nicht viel darauf acht, denn jetzt ärgerte mich das Spektakel erst recht, und daß der Kerl mich immer Er nannte, und ich schimpfte noch lange im Stillen für mich. In solchen Gedanken ging ich rasch fort und kam immer mehr von der Landstraße ab, mitten in das Gebirge hinein. Der Holzweg, auf dem ich fortgelaufen war, hörte auf und ich hatte nur noch einen kleinen wenig betretenen Fußsteig vor mir. Ringsum war Niemand zu sehen und kein Laut zu vernehmen. Sonst aber war es recht anmuthig zu gehn, die Wipfel der Bäume rauschten und die Vögel sangen sehr schön. Ich befahl mich daher Gottes Führung, zog meine Violine hervor und spielte alle meine liebsten Stücke durch, daß es recht fröhlich in dem einsamen Walde erklang.

Mit dem Spielen ging es aber auch nicht lange, denn ich stolperte dabei jeden Augenblick über die fatalen Baumwurzeln, auch fing mich zuletzt an zu hungern, und der Wald wollte noch immer gar kein Ende nehmen. So irrte ich den ganzen Tag herum, und die Sonne schien schon schief zwischen den Baumstämmen hindurch, als ich endlich in ein kleines Wiesenthal hinaus kam, das rings von

Drittes Kapitel.

Bergen eingeschlossen und voller rother und gelber Blumen war, über denen unzählige Schmetterlinge im Abendgolde herum flatterten. Hier war es so einsam, als läge die Welt wohl hundert Meilen weit weg. Nur die Heimchen zirpten, und ein Hirt lag drüben im hohen Grase und blies so melancholisch auf seiner Schalmei, daß einem das Herz vor Wehmuth hätte zerspringen mögen. Ja, dachte ich bei mir, wer es so gut hätte, wie so ein Faullenzer! unser einer muß sich in der Fremde herumschlagen und immer attent seyn. – Da ein schönes klares Flüßchen zwischen uns lag, über das ich nicht herüber konnte, so rief ich ihm von weiten zu: wo hier das nächste Dorf läge? Er ließ sich aber nicht stören, sondern streckte nur den Kopf ein wenig aus dem Grase hervor, wies mit seiner Schalmei auf den andern Wald hin und blies ruhig wieder weiter.

Unterdeß marschirte ich fleißig fort, denn es fing schon an zu dämmern. Die Vögel, die alle noch ein großes Geschrei gemacht hatten, als die letzten Sonnenstrahlen durch den Wald schimmerten, wurden auf einmal still, und mir fing beinah an angst zu werden, in dem ewigen einsamen Rauschen der Wälder. Endlich hörte ich von ferne Hunde bellen. Ich schritt rascher fort, der Wald wurde immer lichter und lichter, und bald darauf sah ich zwischen den letzten Bäumen hindurch einen schönen grünen Platz, auf dem viele Kinder lärmten, und sich um eine große Linde herumtummelten, die recht in der Mitte stand. Weiterhin an dem Platze war ein Wirthshaus, vor dem einige Bauern um einen Tisch saßen und Karten spielten und Taback rauchten. Von der andern Seite saßen junge Bursche und Mädchen vor der Thür, die die Arme in ihre Schürzen gewickelt hatten und in der Kühle mit einander plauderten.

Ich besann mich nicht lange, zog meine Geige aus der Tasche, und spielte schnell einen lustigen Ländler auf, während ich aus dem Walde hervortrat. Die Mädchen verwunderten sich, die Alten lachten, daß es weit in den Wald hineinschallte. Als ich aber so bis zu der Linde gekommen war, und mich mit dem Rücken dran lehnte, und immer fort spielte, da ging ein heimliches Rumoren und Gewisper unter den jungen Leuten rechts und links, die Bursche legten endlich ihre Sonntagspfeifen weg, jeder nahm die Seine, und eh' ich's mich versah, schwenkte sich das junge Bauernvolk tüchtig um mich herum, die Hunde bellten, die Kittel flogen, und die Kinder standen um mich im Kreise, und sahen mir neugierig ins Gesicht und auf die Finger, wie ich so fix damit handthierte.

Wie der erste Schleifer vorbei war, konnte ich erst recht sehen, wie eine gute Musik in die Gliedmaßen fährt. Die Bauerburschen, die sich vorher, die Pfeifen im Munde, auf den Bänken reckten und die steifen Beine von sich streckten, waren nun auf einmal wie umgetauscht, ließen ihre bunten Schnupftücher vorn am Knopfloch lang herunter hängen und kapriolten so artig um die Mädchen herum, daß es eine rechte Lust anzuschauen war. Einer von ihnen, der sich schon für was Rechtes hielt, haspelte lange in seiner Westentasche, damit es die andern sehen sollten, und brachte endlich ein kleines Silberstück heraus, das er mir in die Hand drücken wollte. Mich ärgerte das, wenn ich gleich dazumal kein Geld in der Tasche hatte. Ich sagte ihm, er sollte nur seine Pfennige behalten, ich spielte nur so aus Freude, weil ich wieder bei Menschen wäre. Bald darauf aber kam ein schmuckes Mädchen mit einer großen Stampe Wein zu mir. „Musikanten trinken gern," sagte sie, und lachte mich freundlich an, und ihre perlweißen Zähne schimmerten recht scharmant zwischen den rothen Lippen hindurch, so daß ich sie wohl hätte darauf küssen mögen. Sie tunkte ihr Schnäbelchen in den Wein, wobei ihre Augen über das Glas weg auf mich herüber funkelten, und reichte mir darauf die Stampe hin. Da trank ich das Glas bis auf den Grund aus, und spielte dann wieder von Frischem, daß sich alles lustig um mich herumdrehte.

Drittes Kapitel.

Die Alten waren unterdeß von ihrem Spiel aufgebrochen, die jungen Leute fingen auch an müde zu werden und zerstreuten sich, und so wurde es nach und nach ganz still und leer vor dem Wirthshause. Auch das Mädchen, das mir den Wein gereicht hatte, ging nun nach dem Dorfe zu, aber sie ging sehr langsam, und sah sich zuweilen um, als ob sie was vergessen hätte. Endlich blieb sie stehen und suchte etwas auf der Erde, aber ich sah wohl, daß sie, wenn sie sich bückte, unter dem Arme hindurch nach mir zurückblickte. Ich hatte auf dem Schlosse Lebensart gelernt, ich sprang also geschwind herzu und sagte: „Haben Sie etwas verloren, schönste Mamsell?" – „Ach nein," sagte sie und wurde über und über roth, „es war nur eine Rose - will Er sie haben?" – Ich dankte und steckte die Rose ins Knopfloch. Sie sah mich sehr freundlich an und sagte: „Er spielt recht schön." – „Ja," versetzte ich, „das ist so eine Gabe Gottes." – „Die Musikanten sind hier in der Gegend sehr rar," hub das Mädchen dann wieder an und stockte und hatte die Augen beständig niedergeschlagen. „Er könnte sich hier ein gutes Stück Geld verdienen – auch mein Vater spielt etwas die Geige und hört gern von der Fremde erzählen – und mein Vater ist sehr reich." – Dann lachte sie auf und sagte: „Wenn Er nur nicht immer solche Grimassen machen möchte, mit dem Kopfe, beim Geigen!" – „Theuerste Jungfer," erwiederte ich, „erstlich: nennen Sie mich nur nicht immer Er; sodann mit dem Kopf-Tremulentzen, das ist einmal nicht anders, das haben wir Virtuosen alle so an uns." – „Ach so!" entgegnete das Mädchen. Sie wollte noch etwas mehr sagen, aber da entstand auf einmal ein entsetzliches Gepolter im Wirthshause, die Hausthüre ging mit großem Gekrache auf und ein dünner Kerl kam wie ein ausgeschoßner Ladstock herausgeflogen, worauf die Thür sogleich wieder hinter ihm zugeschlagen wurde.

Das Mädchen war bei dem ersten Geräusch wie ein Reh davon gesprungen und im Dunkel verschwunden. Die Figur vor der Thür aber raffte sich hurtig wieder vom Boden auf und fing nun an mit solcher Geschindigkeit gegen das Haus loszuschimpfen, daß es ordentlich zum Erstaunen war. „Was!" schrie er, „ich besoffen? ich die Kreidestriche an der verräucherten Thür nicht bezahlen? Löscht sie aus, löscht sie aus! Hab' ich Euch nicht erst gestern über'n Kochlöffel balbirt und in die Nase geschnitten, daß Ihr mir den Löffel morsch entzwei gebissen habt? Balbieren macht einen Strich – Kochlöffel, wieder ein Strich - Pflaster auf die Nase, noch ein Strich – wieviel solche hundsföttische Striche wollt Ihr denn noch bezahlt haben? Aber gut, schon gut! ich lasse das ganze Dorf, die ganze Welt ungeschoren. Lauft meinetwegen mit Euren Bärten, daß der liebe Gott am jüngsten Tage nicht weiß, ob Ihr Juden seid oder Christen! Ja, hängt Euch an Euren eignen Bärten auf, Ihr zottigen Landbären!" Hier brach er auf einmal in ein jämmerliches Weinen aus und fuhr ganz erbärmlich durch die Fistel fort: „Wasser soll ich saufen, wie ein elender Fisch? ist das Nächstenliebe? Bin ich nicht ein Mensch und ein ausgelernter Feldscheer? Ach, ich bin heute so in der Rage! Mein Herz ist voller Rührung und Menschenliebe!" Bei diesen Worten zog er sich nach und nach zurück, da im Hause alles still blieb. Als er mich erblickte, kam er mit ausgebreiteten Armen auf mich los, ich glaube der tolle Kerl wollte mich ambrasiren. Ich sprang aber auf die Seite, und so stolperte er weiter, und ich hörte ihn noch lange, bald grob bald fein, durch die Finsterniß mit sich diskuriren.

Mir aber ging mancherlei im Kopfe herum. Die Jungfer, die mir vorhin die Rose geschenkt hatte, war jung, schön und reich – ich konnte da mein Glück machen, eh' man die Hand umkehrte. Und Hammel und Schweine, Puter und fette Gänse mit Aepfeln gestopft – ja, es war mir nicht anders, als säh' ich den Portier auf mich zukommen: „Greif zu, Einnehmer, greif zu! jung gefreit hat Niemand gereut, wer's Glück hat, führt die Braut heim, bleibe im Lande und nähre Dich tüchtig." In solchen philosophischen Gedanken setzte ich mich auf dem Platze, der nun ganz einsam war, auf einen Stein nieder, denn an das Wirthshaus anzuklopfen

Drittes Kapitel.

traute ich mich nicht, weil ich kein Geld bei mir hatte. Der Mond schien prächtig, von den Bergen rauschten die Wälder durch die stille Nacht herüber, manchmal schlugen im Dorfe die Hunde an, das weiter im Thale unter Bäumen und Mondschein wie begraben lag. Ich betrachtete das Firmament, wie da einzelne Wolken langsam durch den Mondschein zogen und manchmal ein Stern weit in der Ferne herunterfiel. So, dachte ich, scheint der Mond auch über meines Vaters Mühle und auf das weiße gräfliche Schloß. Dort ist nun auch schon alles lange still, die gnädige Frau schläft, und die Wasserkünste und Bäume im Garten rauschen noch immer fort wie damals, und allen ist's gleich, ob ich noch da bin, oder in der Fremde, oder gestorben. – Da kam mir die Welt auf einmal so entsetzlich weit und groß vor, und ich so ganz allein darin, daß ich aus Herzensgrunde hätte weinen mögen.

Wie ich noch immer so dasitze, höre ich auf einmal aus der Ferne Hufschlag im Walde. Ich hielt den Athem an und lauschte, da kam es immer näher und näher, und ich konnte schon die Pferde schnauben hören. Bald darauf kamen auch wirklich zwei Reiter unter den Bäumen hervor, hielten aber am Saume des Waldes an und sprachen heimlich sehr eifrig miteinander, wie ich an den Schatten sehen konnte, die plötzlich über den mondbeglänzten Platz vorschossen, und mit langen dunklen Armen bald dahin bald dorthin wiesen. – Wie oft, wenn mir zu Hause meine verstorbene Mutter von wilden Wäldern und martialischen Räubern erzählte, hatte ich mir sonst immer heimlich gewünscht, eine solche Geschichte selbst zu erleben. Da hatt' ich's nun auf einmal für meine dummen frevelmüthigen Gedanken! – Ich streckte mich nun an dem Lindenbaum, unter dem ich geseßen, ganz unmerklich so lang aus, als ich nur konnte, bis ich den ersten Ast erreicht hatte und mich geschwinde hinaufschwang. Aber ich baumelte noch mit halbem Leibe über dem Aste und wollte so eben auch meine Beine nachholen, als der eine von den Reitern rasch hinter mir über den Platz daher trabte. Ich drückte nun die Augen fest zu in dem dunkeln Laube, und rührte und regte mich nicht. – „Wer ist da?" rief es auf einmal dicht hinter mir. „Niemand!" schrie ich aus Leibeskräften vor Schreck, daß er mich doch noch erwischt hatte. Insgeheim mußte ich aber doch bei mir lachen, wie die Kerls sich schneiden würden, wenn sie mir die leeren Taschen umdrehten. – „Ey, ey," sagte der Räuber wieder, „wem gehören denn aber die zwei Beine, die da herunter hängen?" – Da half nichts mehr. „Nichts weiter" versetzte ich, „als ein paar arme, verirrte Musikantenbeine," und ließ mich rasch wieder auf den Boden herab, denn ich schämte mich auch, länger wie eine zerbrochene Gabel da über dem Aste zu hängen.

Das Pferd des Reiters scheute, als ich so plötzlich vom Baume herunterfuhr. Er klopfte ihm den Hals und sagte lachend: „Nun wir sind auch verirrt, da sind wir rechte Kammeraden; ich dächte also, Du hälfest uns ein wenig den Weg nach B. aufsuchen. Es soll Dein Schade nicht seyn." Ich hatte nun gut betheuern, daß ich gar nicht wüßte, wo B. läge, daß ich lieber hier im Wirthshause fragen, oder sie in das Dorf hinunter führen wollte. Der Kerl nahm gar keine Raison an. Er zog ganz ruhig eine Pistole aus dem Gurt, die recht hübsch im Mondschein funkelte. „Mein Liebster," sagte er dabei sehr freundschaftlich zu mir, während er bald den Lauf der Pistole abwischte, bald wieder prüfend an die Augen hielt, „mein Liebster, Du wirst wohl so gut seyn, selber nach B. vorauszugehn."

Da war ich nun recht übel daran. Traf ich den Weg, so kam ich gewiß zu der Räuberbande und bekam Prügel, da ich kein Geld bei mir hatte, traf ich ihn nicht – so bekam ich auch Prügel. Ich besann mich also nicht lange und schlug den ersten besten Weg ein, der an dem Wirthshause vorüber vom Dorfe abführte. Der Reiter sprengte schnell zu seinem Begleiter zurück, und beide folgten mir dann in einiger Entfernung langsam nach. So zogen wir eigentlich recht närrisch auf gut Glück in die mondhelle Nacht hinein. Der Weg lief immerfort im Walde an einem Bergeshange fort.

Drittes Kapitel.

Zuweilen konnte man über die Tannenwipfel, die von unten herauflangten und sich dunkel rührten, weit in die tiefen stillen Thäler hinaussehen, hin und her schlug eine Nachtigall, Hunde bellten in der Ferne in den Dörfern. Ein Fluß rauschte beständig aus der Tiefe und blitzte zuweilen im Mondschein auf. Dabei das einförmige Pferdegetrappel und das Wirren und Schwirren der Reiter hinter mir, die unaufhörlich in einer fremden Sprache mit einander plauderten, und das helle Mondlicht und die langen Schatten der Baumstämme, die wechselnd über die beiden Reiter wegflogen, daß sie mir bald schwarz, bald hell, bald klein, bald wieder riesengroß vorkamen. Mir verwirrten sich ordentlich die Gedanken, als läge ich in einem Traum und könnte gar nicht aufwachen. Ich schritt immer stramm vor mich hin. Wir müssen, dachte ich, doch am Ende aus dem Walde und aus der Nacht herauskommen.

Endlich flogen hin und wieder schon lange röthliche Scheine über den Himmel, ganz leise, wie wenn man über einen Spiegel haucht, auch eine Lerche sang schon hoch über dem stillen Thale. Da wurde mir auf einmal ganz klar im Herzen bei dem Morgengruße, und alle Furcht war vorüber. Die beiden Reiter aber streckten sich, und sahen sich nach allen Seiten um, und schienen nun erst gewahr zu werden, daß wir doch wohl nicht auf dem rechten Wege seyn mochten. Sie plauderten wieder viel, und ich merkte wohl, daß sie von mir sprachen, ja es kam mir vor, als finge der eine sich vor mir zu fürchten an, als könnt ich wohl gar so ein heimlicher Schnaphahn seyn, der sie im Walde irre führen wollte Das machte mir Spaß, denn je lichter es ringsum wurde, je mehr Courage kriegt' ich, zumal da wir so eben auf einen schönen freien Waldplatz herauskamen. Ich sah mich daher nach allen Seiten ganz wild um, und pfiff dann ein Paarmal auf den Fingern, wie die Spitzbuben thun, wenn sie sich einander Signale geben wollen.

Drittes Kapitel.

„Halt!" rief auf einmal der Eine von den Reitern, daß ich ordentlich zusammen fuhr. Wie ich mich umsehe, sind sie beide abgestiegen und haben ihre Pferde an einen Baum angebunden. Der Eine kommt aber rasch auf mich los, sieht mir ganz starr ins Gesicht, und fängt auf einmal ganz unmäßig an zu lachen. Ich muß gestehen, mich ärgerte das unvernünftige Gelächter. Er aber sagte: „Wahrhaftig, das ist der Gärtner, wollt' sagen: Einnehmer vom Schloß!"

Ich sah ihn groß an, wußt' mich aber seiner nicht zu erinnern, hätt' auch viel zu thun gehabt, wenn ich mir alle die jungen Herren hätte ansehen wollen, die auf dem Schloß ab und zu ritten. Er aber fuhr mit ewigem Gelächter fort: „Das ist prächtig! Du vacirst, wie ich sehe, wir brauchen eben einen Bedienten, bleib bei uns, da hast Du ewige Vakanz." – Ich war ganz verblüfft und sagte endlich, daß ich so eben auf einer Reise nach Italien begriffen wäre. – „Nach Italien?!" entgegnete der Fremde, „eben dahin wollen auch wir!" – „Nun, wenn das ist!" rief ich aus und zog voller Freude meine Geige aus der Tasche und strich, daß die Vögel im Walde aufwachten. Der Herr aber erwischte geschwind den andern Herrn und walzte mit ihm wie verrückt auf dem Rasen herum.

Dann standen sie plötzlich still. „Bei Gott," rief der Eine, „da seh' ich schon den Kirchthurm von B.! nun, da wollen wir bald unten seyn." Er zog seine Uhr heraus und ließ sie repetiren, schüttelte mit dem Kopfe, und ließ noch einmal schlagen. „Nein," sagte er, „das geht nicht, wir kommen so zu früh hin, das könnte schlimm werden!"

Darauf holten sie von ihren Pferden Kuchen, Braten und Weinflaschen, breiteten eine schöne bunte Decke auf dem grünen Rasen aus, streckten sich darüber hin und schmaußten sehr vergnüglich, theilten auch mir von Allem sehr reichlich mit, was mir gar wohl bekam, da ich seit einigen Tagen schon nicht mehr vernünftig gespeißt hatte. – „Und daß Du's weißt," sagte der Eine

Drittes Kapitel.

zu mir, – „aber Du kennst uns doch nicht?" – ich schüttelte mit dem Kopfe. – „Also, daß Du's weißt: ich bin der Maler Leonhard, und das dort ist – wieder ein Maler – Guido geheißen."

Ich besah mir nun die beiden Maler genauer bei der Morgendämmerung. Der Eine, Herr Leonhard, war groß, schlank, braun, mit lustigen feurigen Augen. Der Andere war viel jünger, kleiner und feiner, auf altdeutsche Mode gekleidet, wie es der Portier nannte, mit weißem Kragen und bloßen Hals, um den die dunkelbraunen Locken herab hingen, die er oft aus dem hübschen Gesichte wegschütteln mußte. – Als dieser genug gefrühstückt hatte, griff er nach meiner Geige, die ich neben mir auf den Boden gelegt hatte, setzte sich damit auf einen umgehauenen Baumast, und klimperte darauf mit den Fingern. Dann sang er dazu so hell wie ein Waldvögelein, daß es mir recht durch's ganze Herz klang:

Fliegt der erste Morgenstrahl

Durch das stille Nebelthal,

Rauscht erwachend Wald und Hügel:

Wer da fliegen kann, nimmt Flügel!

Und sein Hütlein in die Luft

Wirft der Mensch vor Lust und ruft:

Hat Gesang doch auch noch Schwingen,

Nun so will ich fröhlich singen'

Dabei spielten die röthlichen Morgenscheine recht anmuthig über sein etwas blasses Gesicht und die schwarzen verliebten Augen.

Ich aber war so müde, daß sich mir die Worte und Noten, während er so sang, immer mehr verwirrten, bis ich zuletzt fest einschlief.

Als ich nach und nach wieder zu mir selber kam, hörte ich wie im Traume die beiden Maler noch immer neben mir sprechen und die Vögel über mir singen, und die Morgenstrahlen schimmerten mir durch die geschlossenen Augen, daß mir's innerlich so dunkel-hell war, wie wenn die Sonne durch rothseidene Gardinen scheint, come é bello! hört' ich da dicht neben mir ausrufen. Ich schlug die Augen auf, und erblickte den jungen Maler, der im funkelnden Morgenlicht über mich hergebeugt stand, so daß beinah nur die großen schwarzen Augen zwischen den herabhängenden Locken zu sehen waren.

Ich sprang geschwind auf, denn es war schon heller Tag geworden. Der Herr Leonhard schien verdrüßlich zu seyn, er hatte zwei zornige Falten auf der Stirn und trieb hastig zum Aufbruch. Der andere Maler aber schüttelte seine Locken aus dem Gesicht und trällerte, während er sein Pferd aufzäumte, ruhig ein Liedchen vor sich hin, bis Leonhard zuletzt plötzlich laut auflachte, schnell eine Flasche ergriff, die noch auf dem Rasen stand und den Rest in die Gläser einschenkte. „Auf eine glückliche Ankunft!" rief er aus, sie stießen mit den Gläsern zusammen, es gab einen schönen Klang. Darauf schleuderte Leonhard die leere Flasche hoch ins Morgenroth/ daß es lustig in der Luft funkelte.

Endlich setzten sie sich auf ihre Pferde, und ich marschirte frisch wieder neben her. Gerade vor uns lag ein unübersehliches Thal, in das wir nun hinunter zogen. Da war ein Blitzen und Rauschen und Schimmern und Jubiliren! Mir war so kühl und fröhlich zu Muthe, als sollt' ich von dem Berge in die prächtige Gegend hinausfliegen.

Viertes Kapitel.

Nun Ade, Mühle und Schloß und Portier! Nun ging's, daß mir der Wind am Hute pfiff. Rechts und links flogen Dörfer, Städte und Weingärten vorbei, daß es einem vor den Augen flimmerte; hinter mir die beiden Maler im Wagen, vor mir vier Pferde mit einem prächtigen Postillon, ich hoch oben auf dem Kutschbock, daß ich oft Ellenhoch in die Höhe flog.

Das war so zugegangen: Als wir vor B. ankommen, kommt schon am Dorfe ein langer, dürrer, grämlicher Herr im grünen Flauschrock uns entgegen, macht viele Bücklinge vor den Herrn Malern und führt uns in das Dorf hinein. Da stand unter den hohen Linden vor dem Posthause schon ein prächtiger Wagen mit vier Postpferden bespannt. Herr Leonhard meinte unterwegs, ich hätte meine Kleider ausgewachsen. Er holte daher geschwind andere aus seinem Mantelsack hervor, und ich mußte einen ganz neuen schönen Frack und Weste anziehn, die mir sehr vornehm zu Gesicht standen, nur daß mir alles zu lang und weit war und ordentlich um mich herum schlotterte. Auch einen ganz neuen Hut bekam ich, der funkelte in der Sonne, als wär' er mit frischer Butter überschmiert. Dann nahm der fremde grämliche Herr die beiden Pferde der Maler am Zügel, die Maler sprangen in den Wagen, ich auf den Bock, und so flogen wir schon fort, als eben der Postmeister mit der Schlafmütze aus dem Fenster guckte. Der Postillon bließ lustig auf dem Horne, und so ging es frisch nach Italien hinein.

Ich hatte eigentlich da droben ein prächtiges Leben, wie der Vogel in der Luft, und brauchte doch dabei nicht selbst zu fliegen. Zu thun hatte ich auch weiter nichts, als Tag und Nacht auf dem Bocke zu sitzen, und bei den Wirthshäusern manchmal Essen und Trinken an den Wagen herauszubringen, denn die Maler sprachen

Viertes Kapitel.

nirgends ein, und bei Tage zogen sie die Fenster am Wagen so fest zu, als wenn die Sonne sie erstechen wollte. Nur zuweilen steckte der Herr Guido sein hübsches Köpfchen zum Wagenfenster heraus und diskurirte freundlich mit mir, und lachte dann den Herrn Leonhard aus, der das nicht leiden wollte, und jedesmal über die langen Diskurse böse wurde. Ein paarmal hätte ich bald Verdruß bekommen mit meinem Herrn. Das einemal, wie ich bei schöner, sternklarer Nacht droben auf dem Bock die Geige zu spielen anfing, und sodann späterhin wegen des Schlafes. Das war aber auch ganz zum Erstaunen! Ich wollte mir doch Italien recht genau besehen, und riß die Augen alle Viertelstunden weit auf. Aber kaum hatte ich ein Weilchen so vor mich hingesehen, so verschwirrten und verwickelten sich mir die sechszehn Pferdefüße vor mir wie Filet so hin und her und übers Kreuz, daß mir die Augen gleich wieder übergingen, und zuletzt gerieth ich in ein solches entsetzliches und unaufhaltsames Schlafen, daß gar kein Rath mehr war. Da mocht' es Tag oder Nacht, Regen oder Sonnenschein, Tyrol oder Italien seyn, ich hing bald rechts, bald links, bald rücklings über den Bock herunter, ja manchmal tunkte ich mit solcher Vehementz mit dem Kopfe nach dem Boden zu, daß mir der Hut weit vom Kopfe flog, und der Herr Guido im Wagen laut aufschrie.

So war ich, ich weiß selbst nicht wie, durch halb Welschland, das sie dort Lombardey nennen, durchgekommen, als wir an einem schönen Abend vor einem Wirthshause auf dem Lande stillhielten. Die Post-Pferde waren in dem daranstoßenden Stations-Dorfe erst nach ein paar Stunden bestellt, die Herren Maler stiegen daher aus und ließen sich in ein besonderes Zimmer führen, um hier ein wenig zu rasten und einige Briefe zu schreiben. Ich aber war sehr vergnügt darüber, und verfügte mich sogleich in die Gaststube, um endlich wieder einmal so recht mit Ruhe und Komodität zu essen und zu trinken. Da sah es ziemlich lüderlich aus. Die Mägde gingen mit zerzottelten Haaren herum, und hatten die offnen

Halstücher unordentlich um das gelbe Fell hängen. Um einen runden Tisch saßen die Knechte vom Hause in blauen Ueberzieh-Hemden beim Abendessen, und glotzten mich zuweilen von der Seite an. Die hatten alle kurze, dicke Haarzöpfe und sahen so recht vornehm wie junge Herrlein aus. – Da bist Du nun, dachte ich bei mir, und aß fleißig fort, da bist Du nun endlich in dem Lande, woher immer die kuriosen Leute zu unserm Herrn Pfarrer kamen, mit Mausefallen und Barometern und Bildern. Was der Mensch doch nicht alles erfährt, wenn er sich einmal hinterm Ofen hervormacht!

Wie ich noch eben so esse und meditire, wuscht ein Männlein, das bis jetzt in einer dunklen Ecke der Stube bei seinem Glase Wein gesessen hatte, auf einmal aus seinem Winkel wie eine Spinne auf mich los. Er war ganz kurz und bucklicht, hatte aber einen großen graußlichen Kopf mit einer langen römischen Adlernase und sparsamen rothen Backenbart, und die gepuderten Haare standen ihm von allen Seiten zu Berge, als wenn der Sturmwind durchgefahren wäre. Dabei trug er einen altmodischen, verschossenen Frack, kurze plüschene Beinkleider und ganz vergelbte seidene Strümpfe. Er war einmal in Deutschland gewesen, und dachte Wunder wie gut er deutsch verstünde. Er setzte sich zu mir und frug bald das, bald jenes, während er immerfort Taback schnupfte: ob ich der Servitore sey? wenn wir arriware? ob wir nach Roma kehn? aber das wußte ich alles selber nicht, und konnte auch sein Kauderwelsch gar nicht verstehn. „Parlez vous françois?" sagte ich endlich in meiner Angst zu ihm. Er schüttelte mit dem großen Kopfe, und das war mir sehr lieb, denn ich konnte ja auch nicht französisch. Aber das half alles nichts. Er hatte mich einmal recht auf's Korn genommen, er frug und frug immer wieder; je mehr wir parlirten, je weniger verstand einer den andern, zuletzt wurden wir beide schon hitzig, so daß mir's manchmal vorkam, als wollte der Signor mit seiner Adlernase nach mir hacken, bis endlich die Mägde, die den

Viertes Kapitel.

babilonischen Diskurs mit angehört hatten, uns beide tüchtig auslachten. Ich aber legte schnell Messer und Gabel hin und ging vor die Hausthür hinaus. Denn mir war in dem fremden Lande nicht anders, als wäre ich mit meiner deutschen Zunge tausend Klafter tief ins Meer versenkt, und allerlei unbekanntes Gewürm ringelte sich und rauschte da in der Einsamkeit um mich her, und glotzte und schnappte nach mir.

Draußen war eine warme Sommernacht, so recht um passatim zu gehn. Weit von den Weinbergen herüber hörte man noch zuweilen einen Winzer singen, dazwischen blitzte es manchmal von ferne, und die ganze Gegend zitterte und säuselte im Mondenschein. Ja manchmal kam es mir vor, als schlüpfte eine lange dunkle Gestalt hinter den Haselnußsträuchen vor dem Hause vorüber und guckte durch die Zweige, dann war alles auf einmal wieder still. – Da trat der Herr Guido eben auf den Balkon des Wirthshauses heraus. Er bemerkte mich nicht, und spielte sehr geschickt auf einer Zitter, die er im Hause gefunden haben mußte, und sang dann dazu wie eine Nachtigall.

Schweigt der Menschen laute Lust:

Rauscht die Erde wie in Träumen

Wunderbar mit allen Bäumen,

Was dem Herzen kaum bewußt.

Alte Zeiten, linde Trauer,

Und es schweifen leise Schauer

Wetterleuchtend durch die Brust.

Viertes Kapitel.

Ich weiß nicht, ob er noch mehr gesungen haben mag, denn ich hatte mich auf die Bank vor der Hausthür hingestreckt, und schlief in der lauen Nacht vor großer Ermüdung fest ein.

Es mochten wohl ein paar Stunden ins Land gegangen seyn, als mich ein Posthorn aufweckte, das lange Zeit lustig in meine Träume hereinblies, ehe ich mich völlig besinnen konnte. Ich sprang endlich auf, der Tag dämmerte schon an den Bergen, und die Morgenkühle rieselte mir durch alle Glieder. Da fiel mir erst ein, daß wir ja um diese Zeit schon wieder weit fort seyn wollten. Aha, dachte ich, heut ist einmal, das Wecken und Auslachen an mir. Wie wird der Herr Guido mit dem verschlafenen Lockenkopfe herausfahren, wenn er mich draußen hört! So ging ich in den kleinen Garten am Hause dicht unter die Fenster, wo meine Herren wohnten, dehnte mich noch einmal recht ins Morgenroth hinein und sang fröhlichen Muthes:

Wenn der Hoppevogel schreit,

Ist der Tag nicht mehr weit.

Wenn die Sonne sich aufthut,

Schmeckt der Schlaf noch so gut! –

Das Fenster war offen, aber es blieb alles still oben, nur der Nachtwind ging noch durch die Weinranken, die sich bis in das Fenster hineinstreckten. – Nun was soll denn das wieder bedeuten? rief ich voll Erstaunen aus, und lief in das Haus und durch die stillen Gänge nach der Stube zu. Aber da gab es mir einen rechten Stich ins Herz. Denn wie ich die Thüre aufreiße, ist alles leer, darin kein Frack, kein Hut, kein Stiefel. – Nur die Zitter, auf der Herr Guido gestern gespielt hatte, hing an der Wand, auf dem Tische

Viertes Kapitel.

mitten in der Stube lag ein schöner voller Geldbeutel, worauf ein Zettel geklebt war. Ich hielt ihn näher ans Fenster, und traute meinen Augen kaum, es stand wahrhaftig mit großen Buchstaben darauf: Für den Herrn Einnehmer!

Was war mir aber das alles nütze, wenn ich meine lieben lustigen Herrn nicht wieder fand? Ich schob den Beutel in meine tiefe Rocktasche, das plumpte wie in einen tiefen Brunn, daß es mich ordentlich hinten über zog. Dann rannte ich hinaus, machte einen großen Lärm und weckte alle Knechte und Mägde im Hause. Die wußten gar nicht, was ich wollte, und meinten, ich wäre verrückt geworden. Dann aber verwunderten sie sich nicht wenig, als sie oben das leere Nest sahen. Niemand wußte etwas von meinen Herren. Nur die eine Magd – wie ich aus ihren Zeichen und Gestikulationen zusammenbringen konnte – hatte bemerkt, daß der Herr Guido, als er gestern Abends auf dem Balkon sang, auf einmal laut aufschrie, und dann geschwind zu dem andern Herrn in das Zimmer zurückstürzte. Als sie hernach in der Nacht einmal aufwachte, hörte sie draußen Pferdegetrappel. Sie guckte durch das kleine Kammerfenster und sah den bucklichten Signor, der gestern so viel mit mir gesprochen hatte, auf einem Schimmel im Mondschein quer übers Feld gallopiren, daß er immer Ellen hoch überm Sattel in die Höhe flog und die Magd sich bekreuzte, weil es aussah, wie ein Gespenst, das auf einem dreibeinigen Pferde reitet, – Da wußt' ich nun gar nicht, was ich machen sollte.

Unterdeß aber stand unser Wagen schon lange vor der Thüre angespannt und der Postillon stieß ungeduldig ins Horn, daß er hätte bersten mögen, denn er mußte zur bestimmten Stunde auf der nächsten Station seyn, da alles durch Laufzettel bis auf die Minute voraus bestellt war. Ich rannte noch einmal um das ganze Haus herum und rief die Maler, aber Niemand gab Antwort, die Leute aus dem Hause liefen zusammen und gafften sich an, der Postillon fluchte, die Pferde schnaubten, ich, ganz verblüfft, springe endlich geschwind in den Wagen hinein, der Hausknecht schlägt die Thüre hinter mir zu, der Postillon knallt und so ging's mit mir fort in die weite Welt hinein.

Fünftes Kapitel.

Wir fuhren nun über Berg und Thal Tag und Nacht immer fort. Ich hatte gar nicht Zeit, mich zu besinnen, denn wo wir hinkamen, standen die Pferde angeschirrt, ich konnte mit den Leuten nicht sprechen, mein Demonstriren half also nichts; oft, wenn ich im Wirthshause eben beim besten Essen war, bließ der Postillon, ich mußte Messer und Gabel wegwerfen und wieder in den Wagen springen, und wußte doch eigentlich gar nicht, wohin und weswegen ich just mit so ausnehmender Geschwindigkeit fortreisen sollte.

Sonst war die Lebensart gar nicht so übel. Ich legte mich, wie auf einem Kanapee, bald in die eine, bald in die andere Ecke des Wagens, und lernte Menschen und Länder kennen, und wenn wir durch Städte fuhren, lehnte ich mich auf beide Arme zum Wagenfenster heraus und dankte den Leuten, die höflich vor mir den Hut abnahmen oder ich grüßte die Mädchen an den Fenstern wie ein alter Bekannter, die sich dann immer sehr verwunderten, und mir noch lange neugierig nachguckten.

Aber zuletzt erschrak ich sehr. Ich hatte das Geld in dem gefundenen Beutel niemals gezählt, den Postmeistern und Gastwirthen mußte ich überall viel bezahlen, zahlen, und ehe ich mich's versah, war der Beutel leer. Anfangs nahm ich mir vor, sobald wir durch einen einsamen Wald führen, schnell aus dem Wagen zu springen und zu entlaufen. Dann aber that es mir wieder leid, nun den schönen Wagen so allein zu lassen, mit dem ich sonst wohl noch bis ans Ende der Welt fortgefahren wäre.

Fünftes Kapitel.

Nun saß ich eben voller Gedanken und wußte nicht aus noch ein, als es auf einmal seitwärts von der Landstraße abging. Ich schrie zum Wagen heraus, auf den Postillon: wohin er denn fahre? Aber ich mochte sprechen was ich wollte, der Kerl sagte immer bloß: „Si. Si, Signore!" und fuhr immer über Stock und Stein, daß ich aus einer Ecke des Wagens in die andere flog.

Das wollte mir gar nicht in den Sinn, denn die Landstraße lief grade durch eine prächtige Landschaft auf die untergehende Sonne zu, wohl wie in ein Meer von Glanz und Funken. Von der Seite aber, wohin wir uns gewendet hatten, lag ein wüstes Gebürge vor uns mit grauen Schluchten, zwischen denen es schon lange dunkel geworden war. – Je weiter wir fuhren, je wilder und einsamer wurde die Gegend. Endlich kam der Mond hinter den Wolken hervor, und schien auf einmal so hell zwischen die Bäume und Felsen herein, daß es ordentlich grauslich anzusehen war. Wir konnten nur langsam fahren in den engen steinigten Schluchten, und das einförmige ewige Gerassel des Wagens schallte an den Steinwänden weit in die stille Nacht, als führen wir in ein großes Grabgewölbe hinein. Nur von vielen Wasserfällen, die man aber nicht sehen konnte, war ein unaufhörliches Rauschen tiefer im Walde, und die Käutzchen riefen aus der Ferne immerfort: „Komm mit, Komm mit!" – Dabei kam es mir vor, als wenn der Kutscher, der, wie ich jetzt erst sah, gar keine Uniform hatte und kein Postillon war, sich einigemal unruhig umsähe und schneller zu fahren anfing, und wie ich mich recht zum Wagen herauslegte, kam plötzlich ein Reiter aus dem Gebüsch hervor!, sprengte dicht vor unseren Pferden quer über den Weg, und verlor sich sogleich wieder auf der andern Seite im Walde. Ich war ganz verwirrt, denn, soviel ich bei dem hellen Mondschein erkennen konnte, war es dasselbe bucklichte Männlein auf seinem Schimmel, das in dem Wirthshause mit der Adlernase nach mir gehackt hatte. Der Kutscher schüttelte den Kopf und lachte laut auf über die närrische Reiterei, wandte sich aber dann rasch zu mir um, sprach sehr viel

Fünftes Kapitel.

und sehr eifrig, wovon ich leider nichts verstand, und fuhr dann noch rascher fort.

Ich aber war froh, als ich bald darauf von ferne ein Licht schimmern sah. Es fanden sich nach und nach noch mehrere Lichter, sie wurden immer größer und heller, und endlich kamen wir an einigen verräucherten Hütten vorüber, die wie Schwalbennester auf dem Felsen hingen. Da die Nacht warm war, so standen die Thüren offen, und ich konnte darin die hell erleuchteten Stuben und allerlei lumpiges Gesindel sehen, das wie dunkle Schatten um das Heerdfeuer herumhockte. Wir aber rasselten durch die stille Nacht einen Steinweg hinan, der sich auf einen hohen Berg hinaufzog. Bald überdeckten hohe Bäume und herabhängende Sträucher den ganzen Hohlweg, bald konnte man auf einmal wieder das ganze Firmament, und in der Tiefe die weite stille Runde von Bergen, Wäldern und Thälern übersehen. Auf dem Gipfel des Berges stand ein großes altes Schloß mit vielen Thürmen im hellsten Mondenschein.– „Nun Gott befohlen!" rief ich aus, und war innerlich ganz munter geworden vor Erwartung, wo sie mich da am Ende noch hinbringen würden.

Es dauerte wohl noch eine gute halbe Stunde, ehe wir endlich auf dem Berge am Schloßthore ankamen. Das ging in einen breiten runden Thurm hinein, der oben schon ganz verfallen war. Der Kutscher knallte dreimal, daß es weit in dem alten Schlosse wiederhallte, wo ein Schwarm von Dohlen ganz erschrocken plötzlich aus allen Lucken und Ritzen herausfuhr und mit großem Geschrei die Luft durchkreuzte. Darauf rollte der Wagen in den langen, dunklen Thorweg hinein. Die Pferde gaben mit ihren Hufeisen Feuer auf dem Steinpflaster, ein großer Hund bellte, der Wagen donnerte zwischen den gewölbten Wänden. Die Dohlen schrien noch immer dazwischen – so kamen wir mit einem entsetzlichen Spektakel in den engen gepflasterten Schloßhof.

Fünftes Kapitel.

Eine kuriose Station! dachte ich bei mir, als nun der Wagen still stand. Da wurde die Wagenthür von draußen aufgemacht, und ein alter langer Mann mit einer kleinen Laterne sah mich unter seinen dicken Augenbrauen grämlich an. Er faßte mich dann unter den Arm und half mir, wie, einem großen Herrn, aus dem Wagen heraus. Draußen vor der Hausthür stand eine alte, sehr häßliche Frau im schwarzen Kamisol und Rock, mit einer weißen Schürze und schwarzen Haube, von der ihr ein langer Schnipper bis an die Nase herunter hing. Sie hatte an der einen Hüfte einen großen Bund Schlüssel hängen und hielt in der andern einen altmodischen Armleuchter mit zwei brennenden Wachskerzen. Sobald sie mich erblickte, fing sie an tiefe Knixe zu machen und sprach und frug sehr viel durcheinander. Ich verstand aber nichts davon und machte immerfort Kratzfüße vor ihr, und es war mir eigentlich recht unheimlich zu Muthe.

Der alte Mann hatte unterdeß mit seiner Laterne den Wagen von allen Seiten beleuchtet und brummte und schüttelte den Kopf, als er nirgend einen Koffer oder Bagage fand. Der Kutscher fuhr darauf, ohne Trinkgeld von mir zu fordern, den Wagen in einen alten Schoppen, der auf der Seite des Hofes schon offen stand. Die alte Frau aber bat mich sehr höflich durch allerlei Zeichen, ihr zu folgen. Sie führte mich mit ihren Wachskerzen durch einen langen schmalen Gang, und dann eine kleine steinerne Treppe herauf. Als wir an der Küche vorbei gingen, streckten ein paar junge Mägde neugierig die Köpfe durch die halbgeöffnete Thür und guckten mich so starr an, und winkten und nickten einander heimlich zu, als wenn sie in ihrem Leben noch kein Mannsbild gesehen hätten. Die Alte machte endlich oben eine Thüre auf, da wurde ich anfangs ordentlich ganz verblüfft. Denn es war ein großes schönes herrschaftliches Zimmer mit goldenen Verzierungen an der Decke, und an den Wänden hingen prächtige Tapeten mit allerlei Figuren und großen Blumen. In der Mitte stand ein gedeckter Tisch mit Braten, Kuchen, Sallat, Obst, Wein und Confekt, daß einem recht

Fünftes Kapitel.

das Herz im Leibe lachte. Zwischen den beiden Fenstern hing ein ungeheurer Spiegel, der vom Boden bis zur Decke reichte.

Ich muß sagen, das gefiel mir recht wohl. Ich streckte mich ein Paarmal und ging mit langen Schritten vornehm im Zimmer auf und ab. Dann konnt' ich aber doch nicht widerstehen, mich einmal in einem so großen Spiegel zu besehen. Das ist wahr, die neuen Kleider vom Herrn Leonhard standen mir recht schön, auch hatte ich in Italien so ein gewisses feuriges Auge bekommen, sonst aber war ich grade noch so ein Milchbart, wie ich zu Hause gewesen war, nur auf der Oberlippe zeigten sich erst ein paar Flaumfedern.

Die alte Frau mahlte indeß in einem fort mit ihrem zahnlosen Munde, daß es nicht anders aussah, als wenn sie an der langen herunterhängenden Nasenspitze kaute. Dann nöthigte sie mich zum Sitzen, streichelte mir mit ihren dürren Fingern das Kinn, nannte mich poverino! wobei sie mich aus den rothen Augen so schelmisch ansah, daß sich ihr der eine Mundwinkel bis an die halbe Wange in die Höhe zog, und ging endlich mit einem tiefen Knix zur Thüre hinaus.

Ich aber setzte mich zu dem gedeckten Tisch, während eine junge hübsche Magd herein trat, um mich bei der Tafel zu bedienen. Ich knüpfte allerlei galanten Diskurs mit ihr an, sie verstand mich aber nicht, sondern sah mich immer ganz kurios von der Seite an, weil mir's so gut schmeckte, denn das Essen war delikat. Als ich satt war und wieder aufstand, nahm die Magd ein Licht von der Tafel und führte mich in ein anderes Zimmer. Da war ein Sopha, ein kleiner Spiegel und ein prächtiges Bett mit grün-seidenen Vorhängen. Ich frug sie mit Zeichen, ob ich mich da hineinlegen sollte? Sie nickte zwar: „Ja," aber das war denn doch nicht möglich, denn sie blieb wie angenagelt bei mir stehen. Endlich holte ich mir noch ein großes Glas Wein aus der Tafelstube herein und rief ihr zu: „felicissima notte!" denn so viel hatt' ich schon italienisch gelernt. Aber wie ich das Glas so auf einmal ausstürzte, bricht sie plötzlich in ein verhaltnes Kichern aus, wird über und über roth, geht in die Tafelstube und macht die Thüre hinter sich zu. „Was ist da zu lachen?" dachte ich ganz verwundert, „ich glaube die Leute in Italien sind alle verrückt."

Ich hatte nun nur immer Angst vor dem Postillon, daß der gleich wieder zu blasen anfangen würde. Ich horchte am Fenster, aber es war alles stille draußen. Laß ihn blasen! dachte ich, zog mich aus und legte mich in das prächtige Bett. Das war nicht anders, als wenn man in Milch und Honig schwämme! Vor den Fenstern rauschte die alte Linde im Hofe, zuweilen fuhr noch eine Dohle plötzlich vom Dache auf, bis ich endlich voller Vergnügen einschlief.

Sechstes Kapitel.

Als ich wieder erwachte, spielten schon die ersten Morgenstrahlen an den grünen Vorhängen über mir. Ich konnte mich gar nicht besinnen, wo ich eigentlich wäre. Es kam mir vor, als führe ich noch immerfort im Wagen, und es hätte mir von einem Schlosse im Mondschein geträumt und von einer alten Hexe und ihrem blassen Töchterlein.

Ich sprang endlich rasch aus dem Bette, kleidete mich an, und sah mich dabei nach allen Seiten in dem Zimmer um. Da bemerkte ich eine kleine Tapetenthür, die ich gestern gar nicht gesehen hatte. Sie war nur angelehnt, ich öffnete sie, und erblickte ein kleines nettes Stübchen, das in der Morgendämmerung recht heimlich aussah. Ueber einen Stuhl waren Frauenkleider unordentlich hingeworfen, auf einem Bettchen daneben lag das Mädchen, das mir gestern Abends bei der Tafel aufgewartet hatte. Sie schlief noch ganz ruhig und hatte den Kopf auf den weißen bloßen Arm gelegt, über den ihre schwarzen Locken herabfielen. Wenn die wußte, daß die Thür offen war! sagte ich zu mir selbst und ging in

Sechstes Kapitel.

mein Schlafzimmer zurück, während ich hinter mir wieder schloß und verriegelte, damit das Mädchen nicht erschrecken und sich schämen sollte, wenn sie erwachte.

Draußen ließ sich noch kein Laut vernehmen. Nur ein früherwachtes Waldvöglein saß vor meinem Fenster auf einem Strauch, der aus der Mauer heraus wuchs, und sang schon sein Morgenlied. „Nein," sagte ich, „Du sollst mich nicht beschämen und allein so früh und fleißig Gott loben!" – Ich nahm schnell meine Geige, die ich gestern auf das Tischchen gelegt hatte, und ging hinaus. Im Schlosse war noch alles todtenstill, und es dauerte lange, ehe ich mich aus den dunklen Gängen ins Freie heraus fand.

Als ich vor das Schloß heraus trat, kam ich in einen großen Garten, der auf breiten Terrassen, wovon die eine immer tiefer war als die andere, bis auf den halben Berg herunter ging. Aber das war eine lüderliche Gärtnerei. Die Gänge waren alle mit hohem Grase bewachsen, die künstlichen Figuren von Buchsbaum waren nicht beschnitten und streckten, wie Gespenster, lange Nasen oder ellenhohe spitzige Mützen in die Luft hinaus, daß man sich in der Dämmerung ordentlich davor hätte fürchten mögen. Auf einige zerbrochene Statuen über einer vertrockneten Wasserkunst war gar Wäsche aufgehängt, hin und wieder hatten sie mitten im Garten Kohl gebaut, dann kamen wieder ein paar ordinaire Blumen, alles unordentlich durcheinander, und von hohem wilden Unkraut überwachsen, zwischen dem sich bunte Eidechsen schlängelten. Zwischen den alten hohen Bäumen hindurch aber war überall eine weite, einsame Aussicht, eine Bergkoppe hinter der andern, so weit das Auge reichte.

Nachdem ich so ein Weilchen in der Morgendämmerung durch die Wildniß umherspaziert war, erblickte ich auf der Terrasse unter mir einen langen schmalen blassen Jüngling in einem langen braunen Kaputrock, der mit verschränkten Armen und großen Schritten auf und ab ging. Er that als sähe er mich nicht, setzte sich bald darauf auf eine steinerne Bank hin, zog ein Buch aus der Tasche, las sehr laut, als wenn er predigte, sah dabei zuweilen zum Himmel, und stützte dann den Kopf ganz melankolisch auf die rechte Hand. Ich sah ihm lange zu, endlich wurde ich doch neugierig, warum er denn eigentlich so absonderliche Grimassen machte, und ging schnell auf ihn zu. Er hatte eben einen tiefen Seufzer ausgestoßen und sprang erschrocken auf, als ich ankam. Er war voller Verlegenheit, ich auch, wir wußten beide nicht, was wir sprechen sollten, und machten immerfort Komplimente voreinander, bis er endlich mit langen Schritten in das Gebüsch Reißaus nahm. Unterdeß war die Sonne über dem Walde aufgegangen, ich sprang auf die Bank hinauf und strich vor Lust meine Geige, daß es weit in die stillen Thäler herunter schallte. Die Alte mit dem Schlüsselbunde, die mich schon ängstlich im ganzen Schlosse zum Frühstück aufgesucht hatte, erschien nun auf der Terrasse über mir, und verwunderte sich, daß ich so artig auf der Geige spielen konnte. Der alte grämliche Mann vom Schlosse fand sich dazu und verwunderte sich ebenfalls, endlich kamen auch noch die Mägde, und Alles blieb oben voller Verwunderung stehen, und ich fingerte und schwenkte meinen Fidelbogen immer künstlicher und hurtiger und spielte Kadenzen und Variationen, bis ich endlich ganz müde wurde.

Das war nun aber doch ganz seltsam auf dem Schlosse! Kein Mensch dachte da ans Weiterreisen. Das Schloß war auch gar kein Wirthshaus, sondern gehörte, wie ich von der Magd erfuhr, einem reichen Grafen. Wenn ich mich dann manchmal bei der Alten erkundigte, wie der Graf heiße, wo er wohne? Da schmunzelte sie immer bloß, wie den ersten Abend, da ich auf das Schloß kam, und kniff und winkte mir so pfiffig mit den Augen zu, als wenn sie nicht recht bei Sinne wäre. Trank ich einmal an einem heißen Tage eine ganze Flasche Wein aus, so kicherten die Mägde gewiß, wenn sie die andere brachten, und als mich dann gar einmal nach einer Pfeife Tabak verlangte, ich ihnen durch Zeichen beschrieb was ich

Sechstes Kapitel.

wollte, da brachen Alle in ein großes unvernünftiges Gelächter aus. – Am verwunderlichsten war mir eine Nachtmusik, die sich oft, und grade immer in den finstersten Nächten, unter meinem Fenster hören ließ. Es griff auf einer Guitarre immer nur von Zeit zu Zeit einzelne, ganz leise Klänge. Das einemal aber kam es mir vor, als wenn es dabei von unten: „pst! pst!" herauf rief. Ich fuhr daher geschwind aus dem Bett, und mit dem Kopf aus dem Fenster. „Holla! heda! wer ist da draußen?" rief ich hinunter. Aber es antwortete Niemand, ich hörte nur etwas sehr schnell durch die Gesträuche fortlaufen. Der große Hund im Hofe schlug über meinem Lärm ein paarmal an, dann war auf einmal alles wieder still, und die Nachtmusik ließ sich seit dem nicht wieder vernehmen.

Sonst hatte ich hier ein Leben, wie sich's ein Mensch nur immer in der Welt wünschen kann. Der gute Portier! er wußte wohl was er sprach, wenn er immer zu sagen pflegte, daß in Italien einem die Rosinen von selbst in den Mund wüchsen. Ich lebte auf dem einsamen Schlosse wie ein verwunschener Prinz. Wo ich hintrat, hatten die Leute eine große Ehrerbietung vor mir, obgleich sie schon alle wußten, daß ich keinen Heller in der Tasche hatte. Ich durfte nur sagen: „Tischchen deck' Dich!" so standen auch schon herrliche Speisen, Reis, Wein, Melonen und Parmesankäse da. Ich lies mir's wohlschmecken, schlief in dem prächtigen Himmelbett, ging im Garten spazieren, musizirte und half wohl auch manchmal in der Gärtnerei nach. Oft lag ich auch Stundenlang im Garten im hohen Grase, und der schmale Jüngling (es war ein Schüler und Verwandter der Alten, der eben jetzt hier zur Vakanz war), ging mit seinem langen Kaputrock in weiten Kreisen um mich herum, und murmelte dabei, wie ein Zauberer, aus seinem Buche, worüber ich dann auch jedesmal einschlummerte. – So verging ein Tag nach dem andern, bis ich am Ende anfing, von dem guten Essen und Trinken ganz melankolisch zu werden. Die Glieder gingen mir von dem ewigen Nichtsthun ordentlich aus allen Gelenken, und es war mir, als würde ich vor Faulheit noch ganz auseinander fallen.

In dieser Zeit saß ich einmal an einem schwülen Nachmittage im Wipfel eines hohen Baumes, der am Abhange stand, und wiegte mich auf den Aesten langsam über dem stillen, tiefen Thale. Die Bienen summten zwischen den Blättern um mich herum, sonst war alles wie ausgestorben, kein Mensch war zwischen den Bergen zu sehen, tief unter mir auf den stillen Waldwiesen ruhten die Kühe auf dem hohen Grase. Aber ganz von weiten kam der Klang eines Posthorns über die waldigen Gipfel herüber, bald kaum vernehmbar, bald wieder heller und deutlicher. Mir fiel dabei auf einmal ein altes Lied recht aufs Herz, das ich noch zu Hause auf meines Vaters Mühle von einem wandernden Handwerksburschen gelernt hatte, und ich sang:

Wer in die Fremde will wandern,

Der muß mit der Liebsten gehn.

Es jubeln und lassen die Andern

Den Fremden alleine stehn.

Was wisset Ihr, dunkele Wipfeln

Von der alten schönen Zeit?

Ach, die Heimath hinter den Gipfeln,

Wie liegt sie von hier so weit.

Am liebsten betracht ich die Sterne,

Die schienen, wenn ich ging zu ihr,

Sechstes Kapitel.

Die Nachtigall hör' ich so gerne,

Sie sang vor der Liebsten Thür.

Der Morgen, das ist meine Freude!

Da steig ich in stiller Stund'

Auf den höchsten Berg in die Weite,

Grüß Dich Deutschland aus Herzensgrund!

Es war, als wenn mich das Posthorn bei meinem Liede aus der Ferne begleiten wollte. Es kam, während ich sang, zwischen den Bergen immer näher und näher, bis ich es endlich gar oben auf dem Schloßhofe schallen hörte. Ich sprang rasch vom Baume herunter. Da kam mir auch schon die Alte mit einem geöffneten Pakete aus dem Schlosse entgegen. „Da ist auch etwas für sie mitgekommen," sagte sie, und reichte mir aus dem Paket ein kleines niedliches Briefchen. Es war ohne Aufschrift, ich brach es schnell auf. Aber da wurde ich auch auf einmal im ganzen Gesichte so roth, wie eine Päonie, und das Herz schlug mir so heftig, daß es die Alte merkte, denn das Briefchen war von – meiner schönen Fraue, von der ich manches Zettelchen bei dem Herrn Amtmann gesehen hatte. Sie schrieb darin ganz kurz: „Es ist alles wieder gut, alle Hindernisse sind beseitigt. Ich benutzte heimlich diese Gelegenheit, um die erste zu seyn, die Ihnen diese freudige Botschaft schreibt. Kommen, eilen Sie zurück. Es ist so öde hier und ich kann kaum mehr leben, seit Sie von uns fort sind. Aurelie."

Die Augen gingen mir über, als ich das las, vor Entzücken und Schreck und unsäglicher Freude. Ich schämte mich vor dem alten Weibe, die mich wieder abscheulich anschmunzelte, und flog wie

Sechstes Kapitel.

ein Pfeil bis in den allereinsamsten Winkel des Gartens. Dort warf ich mich unter den Haselnußsträuchern ins Gras hin, und las das Briefchen noch einmal, sagte die Worte auswendig für mich hin, und las dann wieder und immer wieder, und die Sonnenstrahlen tanzten zwischen den Blättern hindurch über den Buchstaben, daß sie sich wie goldene und hellgrüne und rothe Blüthen vor meinen Äugen in einander schlangen. Ist sie am Ende gar nicht verheirathet gewesen? dachte ich, war der fremde Offizier damals vielleicht ihr Herr Bruder, oder ist er nun todt, oder bin ich toll, oder – „Das ist alles einerlei!" rief ich endlich und sprang auf, „nun ist's ja klar, sie liebt mich ja, sie liebt mich!"

Als ich aus dem Gesträuch wieder hervor kroch, neigte sich die Sonne zum Untergange. Der Himmel war roth, die Vögel sangen lustig in allen Wäldern, die Thäler waren voller Schimmer, aber in meinem Herzen war es noch viel tausendmal schöner und fröhlicher!

Ich rief in das Schloß hinein, daß sie mir heut das Abendessen in den Garten herausbringen sollten. Die alte Frau, der alte grämliche Mann, die Mägde, sie mußten alle mit heraus und sich mit mir unter dem Baume an den gedeckten Tisch setzen. Ich zog meine Geige hervor und spielte und aß und trank dazwischen. Da wurden sie alle lustig, der alte Mann strich seine grämlichen Falten aus dem Gesicht und stieß ein Glas nach dem andern aus, die Alte plauderte in einem fort, Gott weiß was; die Mägde fingen an auf dem Rasen mit einander zu tanzen. Zuletzt kam auch noch der blasse Student neugierig hervor, warf einige verächtliche Blicke auf das Spektakel, und wollte ganz vornehm wieder weiter gehen. Ich aber nicht zu faul, sprang geschwind auf, erwischte ihn, eh' er sich's versah, bei seinem langen Ueberrock, und walzte tüchtig mit ihm herum. Er strengte sich nun an, recht zierlich und neumodisch zu tanzen, und füßelte so emsig und künstlich, daß ihm der Schweiß vom Gesicht herunterfloß und die langen Rockschöße

Sechstes Kapitel.

wie ein Rad um uns herum flogen. Dabei sah er mich aber manchmal so kurios mit verdrehten Augen an, daß ich mich ordentlich vor ihm zu fürchten anfing und ihn plötzlich wieder los ließ.

Die Alte hätte nun gar zu gern erfahren, was in dem Briefe stand, und warum ich denn eigentlich heut' auf einmal so lustig war. Aber das war ja viel zu weitläuftig, um es ihr auseinandersetzen zu können. Ich zeigte blos auf ein paar Kraniche, die eben hoch über uns durch die Luft zogen, und sagte: „ich müßte nun auch so fort und immer fort, weit in die Ferne!" – Da riß sie die vertrockneten Augen weit auf, und blickte, wie ein Basilisk, bald auf mich, bald auf den alten Mann hinüber. Dann bemerkte ich, wie die beiden heimlich die Köpfe zusammensteckten, so oft ich mich wegwandte, und sehr eifrig miteinander sprachen, und mich dabei zuweilen von der Seite ansahen.

Das fiel mir auf. Ich sann hin und her, was sie wohl mit mir vorhaben möchten. Darüber wurde ich stiller, die Sonne war auch schon lange untergegangen, und so wünschte ich Allen gute Nacht und ging nachdenklich in meine Schlafstube hinauf.

Ich war innerlich so fröhlich und unruhig, daß ich noch lange im Zimmer auf und niederging. Draußen wälzte der Wind schwere schwarze Wolken über den Schloßthurm weg, man konnte kaum die nächsten Bergkoppen in der dicken Finsterniß erkennen. Da kam es mir vor, als wenn ich im Garten unten Stimmen hörte. Ich löschte mein Licht aus, und stellte mich ans Fenster. Die Stimmen schienen näher zu kommen, sprachen aber sehr leise mit einander. Auf einmal gab eine kleine Laterne, welche die eine Gestalt unterm Mantel trug, einen langen Schein. Ich erkannte nun den grämlichen Schloßverwalter und die alte Haushälterin. Das Licht blitzte über das Gesicht der Alten, das mir noch niemals so gräßlich vorgekommen war, und über ein langes Messer, das sie in der Hand hielt. Dabei konnte ich sehen, daß sie beide eben nach

Sechstes Kapitel.

meinem Fenster hinaufsahen. Dann schlug der Verwalter seinen Mantel wieder dichter um, und es war bald Alles wieder finster und still.

Was wollen die, dachte ich, zu dieser Stunde noch draußen im Garten? Mich schauderte, denn es fielen mir alle Mordgeschichten ein, die ich in meinem Leben gehört hatte, von Hexen und Räubern, welche Menschen abschlachten, um ihre Herzen zu fressen. Indem ich noch so nachdenke, kommen Menschentritte, erst die Treppe herauf, dann auf dem langen Gange ganz leise, leise auf meine Thüre zu, dabei war es, als wenn zuweilen Stimmen heimlich mit einander wisperten. Ich sprang schnell an das andere Ende der Stube hinter einen großen Tisch, den ich, sobald sich etwas rührte, vor mir aufheben, und so mit aller Gewalt auf die Thüre losrennen wollte. Aber in der Finsterniß warf ich einen Stuhl um, daß es ein entsetzliches Gepolter gab. Da wurde es auf einmal ganz still draußen. Ich lauschte hinter dem Tisch und sah immerfort nach der Thür, als wenn ich sie mit den Augen durchstechen wollte, daß mir ordentlich die Augen zum Kopfe heraus standen. Als ich mich ein Weilchen wieder so ruhig verhalten hatte, daß man die Fliegen an der Wand hätte gehen hören, vernahm ich, wie Jemand von draußen ganz leise einen Schlüssel ins Schlüsselloch steckte Ich wollte nun eben mit meinem Tische losfahren, da drehte es den Schlüssel langsam dreimal in der Thür um, zog ihn vorsichtig wieder heraus und schnurrte dann sachte über den Gang und die Treppe hinunter.

Ich schöpfte nun tief Athem. Oho, dachte ich, da haben sie Dich eingesperrt, damit sie's kommode haben, wenn ich erst fest eingeschlafen bin. Ich untersuchte geschwind die Thür. Es war richtig, sie war fest verschlossen, eben so die andere Thür, hinter der die hübsche bleiche Magd schlief. Das war noch niemals geschehen, so lange ich auf dem Schlosse wohnte.

Sechstes Kapitel.

Da saß ich nun in der Fremde gefangen! Die schöne Frau stand nun wohl an ihrem Fenster und sah über den stillen Garten nach der Landstraße hinaus ob ich nicht schon am Zollhäuschen mit meiner Geige dahergestrichen komme, die Wolken flogen rasch über den Himmel, die Zeit verging – und ich konnte nicht fort von hier! Ach, mir war so weh im Herzen, ich wußte gar nicht mehr, was ich thun sollte. Dabei war mir's auch immer, wenn die Blätter draußen rauschten, oder eine Ratte am Boden knosperte, als wäre die Alte durch eine verborgene Tapetenthür heimlich hereingetreten, und lauere und schleiche leise mit dem langen Messer durch's Zimmer.

Als ich so voll Sorgen auf dem Bette saß, hörte ich auf einmal seit langer Zeit wieder die Nachtmusik unter meinen Fenstern. Bei dem ersten Klange der Guitarre war es mir nicht anders, als wenn mir ein Morgenstrahl plötzlich durch die Seele führe. Ich riß das Fenster auf und rief leise herunter, daß ich wach sey. „Pst, pst!" antwortete es von unten. Ich besann mich nun nicht lange, steckte das Briefchen und meine Geige zu mir, schwang mich aus dem Fenster, und kletterte an der alten, zersprungenen Mauer hinab, indem ich mich mit den Händen an den Sträuchern, die aus den Ritzen wuchsen, anhielt. Aber einige morsche Ziegel gaben nach, ich kam ins Rutschen, es ging immer rascher und rascher mit mir, bis ich endlich mit beiden Füßen aufplumpte, daß mir's im Gehirnkasten knisterte.

Kaum war ich auf diese Art unten im Garten angekommen, so umarmte mich Jemand mit solcher Vehemenz, daß ich laut aufschrie. Der gute Freund aber hielt mir schnell die Finger auf den Mund, faßte mich bei der Hand und führte mich dann aus dem Gesträuch ins Freie hinaus. Da erkannte ich mit Verwunderung den guten langen Studenten, der die Guitarre an einem breiten, seidenen Bande um den Hals hangen hatte. – Ich beschrieb ihm nun in größter Geschwindigkeit, daß ich aus dem Garten hinaus wollte. Er schien aber das alles schon lange zu wissen, und führte mich auf allerlei verdeckten Umwegen zu dem untern Thore in der hohen Gartenmauer. Aber da war nun auch das Thor wieder fest verschlossen! Doch der Student hatte auch das schon vorbedacht, er zog einen großen Schlüssel hervor und schloß behutsam auf.

Als wir nun in den Wald hinaustraten und ich ihn eben noch um den besten Weg zur nächsten Stadt fragen wollte, stürzte er plötzlich vor mir auf ein Knie nieder, hob die eine Hand hoch in die Höh, und fing an zu fluchen und an zu schwören, daß es entsetzlich anzuhören war. Ich wußte gar nicht, was er wollte, ich hörte nur immerfort: Idio und curore und amore und furore! Als er aber am Ende gar anfing, auf beiden Knien schnell und immer näher auf mich zuzurutschen, da wurde mir auf einmal ganz grauslich, ich merkte wohl, daß er verrückt war, und rannte, ohne mich umzusehen, in den dicksten Wald hinein.

Ich hörte nun den Studenten wie rasend hinter mir drein schreien. Bald darauf gab noch eine andere grobe Stimme vom Schlosse her Antwort. Ich dachte mir nun wohl, daß sie mich aufsuchen würden. Der Weg war mir unbekannt, die Nacht finster, ich konnte ihnen leicht wieder in die Hände fallen. Ich kletterte daher auf den Wipfel einer hohen Tanne hinauf, um bessere Gelegenheit abzuwarten.

Von dort konnte ich hören, wie auf dem Schloße eine Stimme nach der andern wach wurde. Einige Windlichter zeigten sich oben und warfen ihre wilden rothen Scheine über das alte Gemäuer des Schlosses und weit vom Berge in die schwarze Nacht hinein. Ich befahl meine Seele dem lieben Gott, denn das verworrene Getümmel wurde immer lauter und näherte sich immer mehr und mehr. Endlich stürzte der Student mit einer Fackel unter meinem Baume vorüber, daß ihm die Rockschöße weit im Winde nachflogen. Dann schienen sie sich alle nach und nach auf eine andere Seite des Berges hinzuwenden, die Stimmen schallten immer ferner und ferner, und der Wind rauschte wieder durch den stillen Wald. Da stieg ich schnell von dem Baume herab, und lief athemlos weiter in das Thal und die Nacht hinaus.

Siebentes Kapitel.

Ich war Tag und Nacht eilig fortgegangen, denn es saußte mir lange in den Ohren, als kämen die von dem Berge mit ihrem Rufen, mit Fackeln und langen Messern noch immer hinter mir drein. Unterwegs erfuhr ich, daß ich nur noch ein paar Meilen von Rom wäre. Da erschrack ich ordentlich vor Freude. Denn von dem prächtigen Rom hatte ich schon zu Hause als Kind viele wunderbare Geschichten gehört, und wenn ich dann an Sonntags-Nachmittagen vor der Mühle im Grase lag und alles ringsum so stille war, da dachte ich mir Rom wie die ziehenden Wolken über mir, mit wundersamen Bergen und Abgründen am blauen Meer, und goldnen Thoren und hohen glänzenden Thürmen, von denen Engel in goldenen Gewändern sangen. – Die Nacht war schon wieder lange hereingebrochen, und der Mond schien prächtig, als ich endlich auf einem Hügel aus dem Walde heraustrat, und auf einmal die Stadt in der Ferne vor mir sah. – Das Meer leuchtete von weiten, der Himmel blitzte und funkelte unübersehbar mit unzähligen Sternen, darunter lag die heilige Stadt, von der man nur einen langen Nebelstreif erkennen konnte, wie ein eingeschlafner Löwe auf der stillen Erde, und Berge standen daneben, wie dunkle Riesen, die ihn bewachten.

Ich kam nun zuerst auf eine große, einsame Haide, auf der es so grau und still war, wie im Grabe. Nur hin und her stand ein altes verfallenes Gemäuer oder ein trockener wunderbar gewundener Strauch; manchmal schwirrten Nachtvögel durch die Luft, und mein eigener Schatten strich immerfort lang und dunkel in der Einsamkeit neben mir her. Sie sagen, daß hier eine uralte Stadt und

Siebentes Kapitel.

die Frau Venus begraben liegt, und die alten Heiden zuweilen noch aus ihren Gräbern heraufsteigen und bei stiller Nacht über die Haide gehn und die Wanderer verwirren. Aber ich ging immer grade fort und ließ mich nichts anfechten. Denn die Stadt stieg immer deutlicher und prächtiger vor mir herauf, und die hohen Burgen und Thore und goldenen Kuppeln glänzten so herrlich im hellen Mondschein, als ständen wirklich die Engel in goldenen Gewändern auf den Zinnen und sängen durch die stille Nacht herüber.

So zog ich denn endlich, erst an kleinen Häusern vorbei, dann durch ein prächtiges Thor in die berühmte Stadt Rom hinein. Der Mond schien zwischen den Pallästen, als wäre es heller Tag, aber die Straßen waren schon alle leer, nur hin und wieder lag ein lumpiger Kerl, wie ein Todter, in der lauen Nacht auf den Marmorschwellen und schlief. Dabei rauschten die Brunnen auf den stillen Plätzen, und die Gärten an der Straße säuselten dazwischen und erfüllten die Luft mit erquickenden Düften.

Wie ich nun eben so weiter fort schlendere, und vor Vergnügen, Mondschein und Wohlgeruch gar nicht weiß, wohin ich mich wenden soll, läßt sich tief aus dem einen Garten eine Guitarre hören. Mein Gott, denk' ich, da ist mir wohl der tolle Student mit dem langen Ueberrock heimlich nachgesprungen! Darüber fing eine Dame in dem Garten an überaus lieblich zu singen. Ich stand ganz wie bezaubert, denn es war die Stimme der schönen gnädigen Frau, und dasselbe welsche Liedchen, das sie gar oft zu Hause am offnen Fenster gesungen hatte.

Da fiel mir auf einmal die schöne alte Zeit mit solcher Gewalt auf's Herz, daß ich bitterlich hätte weinen mögen, der stille Garten vor dem Schloß in früher Morgenstunde, und wie ich da hinter dem Strauch so glückseelig war, ehe mir die dumme Fliege in die Nase flog. Ich konnte mich nicht länger halten. Ich kletterte auf den vergoldeten Zierrathen über das Gitterthor, und schwang mich in

Siebentes Kapitel.

den Garten hinunter, woher der Gesang kam. Da bemerkte ich, daß eine schlanke weiße Gestalt von fern hinter einer Pappel stand und mir erst verwundert zusah, als ich über das Gitterwerk kletterte, dann aber auf einmal so schnell durch den dunklen Garten nach dem Hause zuflog, daß man sie im Mondschein kaum füßeln sehen konnte. „Das war sie selbst!" rief ich aus, und das Herz schlug mir vor Freude, denn ich erkannte sie gleich an den kleinen, geschwinden Füßchen wieder. Es war nur schlimm, daß ich mir beim Herunterspringen vom Gartenthore den rechten Fuß etwas vertreten hatte, ich mußte daher erst ein paarmal mit dem Beine schlenkern, eh' ich zu dem Hause nachspringen konnte. Aber da hatten sie unterdeß Thür und Fenster fest verschloßen. Ich klopfte ganz bescheiden an, horchte und klopfte wieder. Da war es nicht anders, als wenn es drinnen leise flüsterte und kicherte, ja einmal kam es mir vor, als wenn zwei helle Augen zwischen den Jalousien im Mondschein hervorfunkelten. Dann war auf einmal wieder alles still.

„Sie weiß nur nicht, daß ich es bin", dachte ich, zog die Geige, die ich allzeit bei mir trage, hervor, spazierte damit auf dem Gange vor dem Hause auf und nieder, und spielte und sang das Lied von der schönen Frau, und spielte voll Vergnügen alle meine Lieder durch, die ich damals in den schönen Sommernächten im Schloßgarten, oder auf der Bank vor dem Zollhause gespielt hatte, daß es weit bis in die Fenster des Schlosses hinüber klang. – Aber es half alles nichts, es rührte und regte sich Niemand im ganzen Hause. Da steckte ich endlich meine Geige traurig ein, und legte mich auf die Schwelle vor der Hausthür hin, denn ich war sehr müde von dem langen Marsch. Die Nacht war warm, die Blumenbeete vor dem Hause dufteten lieblich, eine Wasserkunst weiter unten im Garten plätscherte immerfort dazwischen. Mir träumte von himmelblauen Blumen, von schönen, dunkelgrünen, einsamen Gründen, wo Quellen rauschten und Bächlein gingen, und bunte Vögel wunderbar sangen, bis ich endlich fest einschlief.

Siebentes Kapitel.

Als ich aufwachte, rieselte mir die Morgenluft durch alle Glieder. Die Vögel waren schon wach und zwitscherten auf den Bäumen um mich herum, als ob sie mich für'n Narren haben wollten. Ich sprang rasch auf und sah mich nach allen Seiten um. Die Wasserkunst im Garten rauschte noch immerfort, aber in dem Hause war kein Laut zu vernehmen. Ich guckte durch die grünen Jalousien in das eine Zimmer hinein. Da war ein Sopha, und ein großer runder Tisch mit grauer Leinwand verhangen, die Stühle standen alle in großer Ordnung und unverrückt an den Wänden herum; von außen aber waren die Jalousien an allen Fenstern heruntergelassen, als wäre das ganze Haus schon seit vielen Jahren unbewohnt. – Da überfiel mich ein ordentliches Grausen vor dem einsamen Hause und Garten und vor der gestrigen weißen Gestalt. Ich lief, ohne mich weiter umzusehen, durch die stillen Lauben und Gänge, und kletterte geschwind wieder an dem Gartenthor hinauf. Aber da blieb ich wie verzaubert sitzen, als ich auf einmal von dem hohen Gitterwerk in die prächtige Stadt hinunter sah. Da blitzte und funkelte die Morgensonne weit über die Dächer und in die langen stillen Straßen hinein, daß ich laut aufjauchzen mußte, und voller Freude auf die Straße hinunter sprang.

Aber wohin sollt' ich mich wenden in der großen fremden Stadt? Auch ging mir die konfuse Nacht und das welsche Lied der schönen gnädigen Frau von gestern noch immer im Kopfe hin und her. Ich setzte mich endlich auf den steinernen Springbrunnen, der mitten auf dem einsamen Platze stand, wusch mir in dem klaren Wasser die Augen hell und sang dazu:

Wenn ich ein Vöglein wär',

Ich wüßt' wohl, wovon ich sänge,

Und auch zwei Flüglein hätt',

Ich wüßt' wohl, wohin ich mich schwänge!

Siebentes Kapitel.

„Ey, lustiger Gesell, du singst ja wie eine Lerche beim ersten Morgenstrahl!" sagte da auf einmal ein junger Mann zu mir, der während meines Liedes an den Brunnen heran getreten war. Mir aber, da ich so unverhofft Deutsch sprechen hörte, war es nicht anders im Herzen, als wenn die Glocke aus meinem Dorfe am stillen Sonntagsmorgen plötzlich zu mir herüber klänge. „Gott, willkommen, bester Herr Landsmann!" rief ich aus und sprang voller Vergnügen von dem steinernen Brunnen herab. Der junge Mann lächelte und sah mich von oben bis unten an. „Aber was treibt Ihr denn eigentlich hier in Rom?" fragte er endlich. Da wußte ich nun nicht gleich, was ich sagen sollte, denn daß ich so eben der schönen gnädigen Frau nachspränge, mocht' ich ihm nicht sagen. „Ich treibe," erwiederte ich, „mich selbst ein bischen herum, um die Welt zu sehn." – „So so!" versetzte der junge Mann und lachte laut auf, „da haben wir ja ein Metier. Das thu' ich eben auch, um die Welt zu sehn, und hinterdrein abzumalen." – „Also ein Maler!" rief ich fröhlich aus, denn mir fiel dabei Herr Leonhard und Guido ein. Aber der Herr ließ mich nicht zu Worte kommen. „Ich denke," sagte er, „Du gehst mit und frühstückst bei mir, da will ich Dich selbst abkonterfeyen, daß es eine Freude seyn soll!" – Das ließ ich mir gern gefallen, und wanderte nun mit dem Maler durch die leeren Straßen, wo nur hin und wieder erst einige Fensterladen aufgemacht wurden und bald ein paar weiße Arme, bald ein verschlafnes Gesichtchen in die frische Morgenluft hinausguckte.

Er führte mich lange hin und her durch eine Menge konfuser enger und dunkler Gassen, bis wir endlich in ein altes verräuchertes Haus hineinwuschten. Dort stiegen wir eine finstre Treppe hinauf, dann wieder eine, als wenn wir in den Himmel hineinsteigen wollten. Wir standen nun unter dem Dache vor einer Thür still, und der Maler fing an in allen Taschen vorn und hinten mit großer Eilfertigkeit zu suchen. Aber er hatte heute früh vergessen zuzuschließen und den Schlüssel in der Stube gelassen. Denn er

Siebentes Kapitel.

war, wie er mir unterwegs erzählte, noch vor Tagesanbruch vor die Stadt hinausgegangen, um die Gegend bei Sonnenaufgang zu betrachten. Er schüttelte nur mir dem Kopfe und stieß die Thüre mit dem Fuße auf.

Das war eine lange, lange große Stube, daß man darin hätte tanzen können, wenn nur nicht auf dem Fußboden alles voll gelegen hätte. Aber da lagen Stiefeln, Papiere, Kleider, umgeworfene Farbentöpfe, alles durcheinander; in der Mitte der Stube standen große Gerüste, wie man zum Birnenabnehmen braucht, ringsum an der Wand waren große Bilder angelehnt. Auf einem langen hölzernen Tische war eine Schüssel, worauf, neben einem Farbenklekse, Brod und Butter lag. Eine Flasche Wein stand daneben.

„Nun eß't und trinkt erst, Landsmann!" rief mir der Maler zu. – Ich sollte mir auch sogleich ein Paar Butterschnitten schmieren, aber da war wieder kein Messer da. Wir mußten erst lange in den Papieren auf dem Tische herumraschlen, ehe wir es unter einem großen Pakete endlich fanden. Darauf riß der Maler das Fenster auf, daß die frische Morgenluft fröhlich das ganze Zimmer durchdrang. Das war eine herrliche Aussicht weit über die Stadt weg in die Berge hinein, wo die Morgensonne lustig die weißen Landhäuser und Weingärten beschien. – „Vivat unser kühlgrünes Deutschland da hinter den Bergen!" rief der Maler aus und trank dazu aus der Weinflasche, die er mir dann hinreichte. Ich that ihm höflich Bescheid, und grüßte in meinem Herzen die schöne Heimath in der Ferne noch viel tausendmal.

Der Maler aber hatte unterdeß das hölzerne Gerüst, worauf ein sehr großes Papier aufgespannt war, näher an das Fenster herangerückt. Auf dem Papiere war bloß mit großen schwarzen Strichen eine alte Hütte gar künstlich abgezeichnet. Darin saß die heilige Jungfrau mit einem überaus schönen freudigen und doch recht wehmüthigen Gesichte. Zu ihren Füßen auf einem Nestlein

Siebentes Kapitel.

von Stroh lag das Jesuskind, sehr freundlich, aber mit großen ernsthaften Augen. Draußen auf der Schwelle der offnen Hütte aber knieten zwei Hirten-Knaben mit Stab und Tasche. – „Siehst Du," sagte der Maler, „dem einen Hirtenknaben da will ich Deinen Kopf aufsetzen, so kommt Dein Gesicht doch auch etwas unter die Leute, und will's Gott, sollen sie sich daran noch erfreuen, wenn wir beide schon lange begraben sind und selbst so still und fröhlich vor der heiligen Mutter und ihrem Sohne knien, wie die glücklichen Jungen hier." – Darauf ergriff er einen alten Stuhl, von dem ihm aber, da er ihn aufheben wollte, die halbe Lehne in der Hand blieb. Er paßte ihn geschwind wieder zusammen, schob ihn vor das Gerüst hin, und ich mußte mich nun darauf setzen und mein Gesicht etwas von der Seite, nach dem Maler zu, wenden. – So saß ich ein paar Minuten ganz still, ohne mich zu rühren. Aber ich weiß nicht, zuletzt konnt' ich's gar nicht recht aushalten, bald juckte mich's da, bald juckte mich's dort. Auch hing mir grade gegenüber ein zerbrochner halber Spiegel, da mußt ich immerfort hineinsehn, und machte, wenn er eben malte, aus Langeweile allerlei Gesichter und Grimassen. Der Maler, der es bemerkte, lachte endlich laut auf und winckte mir mit der Hand, daß ich wieder aufstehen sollte. Mein Gesicht auf dem Hirten war auch schon fertig, und sah so klar aus, das ich mir ordentlich selber gefiel.

Er zeichnete nun in der frischen Morgenkühle immer fleißig fort, während er ein Liedchen dazu sang und zuweilen durch das offne Fenster in die prächtige Gegend hinausblickte. Ich aber schnitt mir unterdeß noch eine Butterstolle und ging damit vergnügt im Zimmer auf und ab und besah mir die Bilder, die an der Wand aufgestellt waren. Zwei darunter gefielen mir ganz besonders gut. „Habt Ihr die auch gemalt?" frug ich den Maler. „Warum nicht gar!" erwiederte er, „die sind von den berühmten Meistern Leonardo da Vinci und Guido Reni – aber da weißt Du ja doch nichts davon!« – Mich ärgerte der Schluß der Rede. „O," versetzte

Siebentes Kapitel.

ich ganz gelassen, „die beiden Meister kenne ich wie meine eigne Tasche." – Da machte er große Augen. „Wie so?" frug er geschwind. „Nun," sagte ich, „bin ich nicht mit ihnen Tag und Nacht fortgereißt, zu Pferde und zu Fuß und zu Wagen, daß mir der Wind am Hute pfiff, und hab' sie alle beide in der Schenke verlohren, und bin dann allein in ihrem Wagen mit Extrapost immer weiter gefahren, daß der Bombenwagen immerfort auf zwei Rädern über die entsetzlichen Steine flog, und" – «Oho! Oho!" unterbrach mich der Maler, und sah mich starr an, als wenn er mich für verrückt hielte. Dann aber brach er plötzlich in ein lautes Gelächter aus. „Ach," rief er, „nun versteh' ich erst, Du bist mit zwei Malern gereißt, die Guido und Leonhard hießen?" – Da ich das bejahte, sprang er rasch auf und sah mich nochmals von oben bis unten ganz genau an. „Ich glaube gar," sagte er „am Ende – spielst Du die Violine?" – Ich schlug auf meine Rocktasche, daß die Geige darin einen Klang gab. – „Nun wahrhaftig," versetzte der Maler, „da war eine Gräfin aus Deutschland hier, die hat sich in allen Winkeln von Rom nach den beiden Malern und nach einem jungen Musikanten mit der Geige erkundigen lassen." – „Eine junge Gräfin aus Deutschland?" rief ich voller Entzücken aus, „ist der Portier mit?" – „Ja das weiß ich alles nicht," erwiederte der Maler, „ich sah sie nur einigemal bei einer Freundin von ihr, die aber auch nicht in der Stadt wohnt. – Kennst Du die?" fuhr er fort, indem er in einem Winkel plötzlich eine Leinwanddecke von einem großen Bilde in die Höhe hob. Da war mir's doch nicht anders, als wenn man in einer finstern Stube die Lade aufmacht und einem die Morgensonne auf einmal über die Augen blitzt, es war – die schöne gnädige Frau! – sie stand in einem schwarzen Sammt-Kleide im Garten, und hob mit der einen Hand den Schleier vom Gesicht und sah still und freundlich in eine weite prächtige Gegend hinaus. Je länger ich hinsah, je mehr kam es mir vor, als wäre es der Garten am Schlosse, und die Blumen und Zweige wiegten sich leise im Winde, und unten in der Tiefe sähe ich mein Zollhäuschen und die Landstraße weit durchs Grüne, und die Donau und die fernen blauen Berge.

„Sie ist's, sie ist's!" rief ich endlich, erwischte meinen Hut, und rannte rasch zur Thür hinaus, die vielen Treppen hinunter, und hörte nur noch, daß mir der verwunderte Maler nachschrie, ich sollte gegen Abend wieder kommen, da könnten wir vielleicht mehr erfahren!

Achtes Kapitel.

Ich lief mit großer Eilfertigkeit durch die Stadt, um mich sogleich wieder in dem Gartenhause zu melden, wo die schöne Frau gestern Abend gesungen hatte. Auf den Straßen war unterdeß alles lebendig geworden, Herren und Damen zogen im Sonnenschein und neigten sich und grüßten bunt durcheinander, prächtige Karossen rasselten dazwischen, und von allen Thürmen läutete es zur Messe, daß die Klänge über dem Gewühle wunderbar in der klaren Luft durcheinander hallten. Ich war wie betrunken von Freude und von dem Rumor, und rannte in meiner Fröhlichkeit immer grade fort, bis ich zuletzt gar nicht mehr wußte, wo ich stand. Es war wie verzaubert, als wäre der stille Platz mit dem Brunnen, und der Garten, und das Haus bloß ein Traum gewesen, und beim hellen Tageslicht alles wieder von der Erde verschwunden.

Fragen konnte ich nicht, denn ich wußte den Namen des Platzes nicht. Endlich fing es auch an sehr schwül zu werden, die Sonnenstrahlen schossen recht wie sengende Pfeile auf das Pflaster, die Leute verkrochen sich in die Häuser, die Jalousien wurden überall wieder zugemacht, und es war auf einmal wie ausgestorben auf den Straßen. Ich warf mich zuletzt ganz verzweifelt vor einem großen schönen Hause hin, vor dem ein Balkon mit Säulen breiten Schatten warf, und betrachtete bald die

Achtes Kapitel.

stille Stadt, die in der plötzlichen Einsamkeit bei heller Mittagstunde ordentlich schauerlich aussah, bald wieder den tiefblauen, ganz wolkenlosen Himmel, bis ich endlich vor großer Ermüdung gar einschlummerte. Da träumte mir, ich läge bei meinem Dorfe auf einer einsamen grünen Wiese, ein warmer Sommerregen sprühte und glänzte in der Sonne, die so eben hinter den Bergen unterging, und wie die Regentropfen auf den Rasen fielen, waren es lauter schöne bunte Blumen, so daß ich davon ganz überschüttet war.

 Aber wie erstaunte ich, als ich erwachte, und wirklich eine Menge schöner frischer Blumen auf und neben mir liegen sah! Ich sprang auf, konnte aber nichts besonderes bemerken, als bloß in dem Hause über mir ein Fenster ganz oben voll von duftenden Sträuchen und Blumen, hinter denen ein Papagey unablässig plauderte und kreischte. Ich las nun die zerstreuten Blumen auf, band sie zusammen und steckte mir den Strauß vorn ins Knopfloch. Dann aber fing ich an, mit dem Papagey ein wenig zu diskuriren, denn es freute mich, wie er in seinem vergoldeten Gebauer mit allerlei Grimassen herauf und herunter stieg und sich dabei immer ungeschickt über die große Zehe trat. Doch ehe ich mich's versah, schimpfte er mich „furfante!". Wenn es gleich eine unvernünftige Bestie war, so ärgerte es mich doch. Ich schimpfte ihn wieder, wir geriethen endlich beide in Hitze, je mehr ich auf Deutsch schimpfte, je mehr gurgelte er auf italienisch wieder auf mich los.

Auf einmal hörte ich Jemanden hinter mir lachen. Ich drehte mich rasch um. Es war der Maler von heute früh. „Was stellst Du wieder für tolles Zeug an!" sagte er, „ich warte schon eine halbe Stunde auf Dich. Die Luft ist wieder kühler, wir wollen in einen Garten vor der Stadt gehen, da wirst Du mehrere Landsleute finden und vielleicht etwas näheres von der deutschen Gräfin erfahren."

Achtes Kapitel.

Darüber war ich außerordentlich erfreut, und wir traten unsern Spaziergang sogleich an, während ich den Papagey noch lange hinter mir drein schimpfen hörte.

Nachdem wir draußen vor der Stadt auf schmalen steinigten Fußsteigen lange zwischen Landhäusern und Weingärten hinaufgestiegen waren, kamen wir an einen kleinen hochgelegenen Garten, wo mehrere junge Männer und Mädchen im Grünen um einen runden Tisch saßen. Sobald wir hinein traten, winkten uns alle zu, uns still zu verhalten, und zeigten auf die andere Seite des Gartens hin. Dort saßen in einer großen, grünverwachsenen Laube zwei schöne Frauen an einem Tisch einander gegenüber. Die eine sang, die andere spielte Guitarre dazu. Zwischen beiden hinter dem Tische stand ein freundlicher Mann, der mit einem kleinen Stäbchen zuweilen den Takt schlug. Dabei funkelte die Abendsonne durch das Weinlaub, bald über die Weinflaschen und Früchte, womit der Tisch in der Laube besetzt war, bald über die vollen, runden, blendendweißen Achseln der Frau mit der Guitarre. Die andere war wie verzückt und sang auf italienisch ganz außerordentlich künstlich, daß ihr die Flechsen am Halse aufschwollen.

Wie sie nun so eben, mit zum Himmel gerichteten Augen, eine lange Kadenz anhielt, und der Mann neben ihr mit aufgehobenem Stäbchen auf den Augenblick paßte, wo sie wieder in den Takt einfallen würde, und keiner im ganzen Garten zu athmen sich unterstand, da flog plötzlich die Gartenthüre weit auf, und ein ganz erhitztes Mädchen und hinter ihr ein junger Mensch mit einem feinen, bleichen Gesicht stürzten in großem Gezänke herein. Der erschrockene Musikdirektor blieb mit seinem aufgehobenen Stabe wie ein versteinerter Zauberer stehen, obgleich die Sängerin schon längst den langen Triller plötzlich abgeschnappt hatte, und zornig aufgestanden war. Alle übrigen zischten den Neuangekommenen wüthend an. „Barbar!" rief ihm einer von dem runden Tische zu,

Achtes Kapitel.

„Du rennst da mitten in das sinnreiche Tableau von der schönen Beschreibung hinein, welche der seelige Hoffmann, Seite 347 des „Frauentaschenbuchs für 1816," von dem schönsten Hummelschen Bilde giebt, das im Herbst 1814 auf der Berliner Kunstausstellung zu sehen war!" – Aber das half alles nichts. „Ach was!" entgegnete der junge Mann, „mit Euren Tableau's von Tableaus! Mein selbst erfundenes Bild für die andern, und mein Mädchen für mich allein! So will ich es halten! O Du Ungetreue, Du Falsche!" fuhr er dann von neuem gegen das arme Mädchen fort, „Du kritische Seele, die in der Malerkunst nur den Silberblick, und in der Dichtkunst nur den goldenen Faden sucht, und keinen Liebsten, sondern nur lauter Schätze hat! Ich wünsche Dir hinführo, anstatt eines ehrlichen malerischen Pinsels, einen alten Duca mit einer ganzen Münzgrube von Diamanten auf der Nase, und mit hellen Silberblick auf der kahlen Platte, und mit Goldschnitt auf den paar noch übrigen Haaren! Ja nur heraus mit dem verruchten Zettel, den Du da vorhin vor mir versteckt hast! Was hast Du wieder angezettelt? Von wem ist der Wisch, und an wen ist er?"

Aber das Mädchen sträubte sich standhaft, und je eifriger die Anderen den erboßten jungen Menschen umgaben und ihn mit großem Lärm zu trösten und zu beruhigen suchten, desto erhitzter und toller wurde er von dem Rumor, zumal da das Mädchen auch ihr Mäulchen nicht halten konnte, bis sie endlich weinend aus dem verworrenen Knäuel hervorflog, und sich auf einmal ganz unverhofft an meine Brust stürzte, um bei mir Schutz zu suchen. Ich stellte mich auch sogleich in die gehörige Positur, aber da die Andern in dem Getümmel so eben nicht auf uns Acht gaben, kehrte sie plötzlich das Köpfchen nach mir herauf und flüsterte mir mit ganz ruhigem Gesicht sehr leise und schnell ins Ohr: „Du abscheulicher Einnehmer! um Dich muß ich das alles leiden. Da steck' den fatalen Zettel geschwind zu Dir, Du findest darauf

Achtes Kapitel.

bemerkt, wo wir wohnen. Also zur bestimmten Stunde, wenn Du in's Thor kommst, immer die einsame Straße rechts fort! –"

Ich konnte vor Verwunderung kein Wort hervorbringen, denn wie ich sie nun erst recht ansah, erkannte ich sie auf einmal: es war wahrhaftig die schnippische Kammerjungfer vom Schloß, die mir damals an dem schönen Samstag's-Abende die Flasche mit Wein brachte. Sie war mir sonst niemals so schön vorgekommen, als da sie sich jetzt so erhitzt an mich lehnte, daß die schwarzen Locken über meinen Arm herabhingen. – „Aber, verehrteste Mamsell," sagte ich voller Erstaunen, „wie kommen Sie"– „Um Gotteswillen, still nur, jetzt still!" erwiederte sie, und sprang geschwind von mir fort auf die andere Seite des Gartens, eh' ich mich noch auf alles recht besinnen konnte.

Unterdeß hatten die Andern ihr erstes Thema fast ganz vergessen, zankten aber untereinander recht vergnüglich weiter, indem sie dem jungen Menschen beweisen wollten, daß er eigentlich betrunken sey, was sich für einen ehrliebenden Maler gar nicht schicke. Der runde fixe Mann aus der Laube, der – wie ich nachher erfuhr – ein großer Kenner und Freund von Künsten war, und aus Liebe zu den Wissenschaften gern alles mitmachte, hatte auch sein Stäbchen weggeworfen, und flankirte mit seinem fetten Gesicht das vor Freundlichkeit ordentlich glänzte, eifrig mitten in dem dicksten Getümmel herum, um alles zu vermitteln und zu beschwichtigen, während er dazwischen immer wieder die lange Kadenz und das schöne Tableau bedauerte, das er mit vieler Mühe zusammengebracht hatte.

Mir aber war es so sternklar im Herzen, wie damals an dem glückseligen Sonnabend, als ich am offnen Fenster vor der Weinflasche bis tief in die Nacht hinein auf der Geige spielte. Ich holte, da der Rumor gar kein Ende nehmen wollte, frisch meine Violine wieder hervor und spielte, ohne mich lange zu besinnen,

Achtes Kapitel.

einen welschen Tanz auf, den sie dort im Gebirge tanzen, und den ich auf dem alten, einsamen Waldschlosse gelernt hatte.

Da reckten sie alle die Köpfe in die Höh. „Bravo, bravissimo! ein deliziöser Einfall!" rief der lustige Kenner von den Künsten, und lief sogleich von einem zum andern, um ein ländliches Divertissement, wie er's nannte, einzurichten. Er selbst machte den Anfang, indem er der Dame die Hand reichte, die vorhin in der Laube Guitarre gespielt hatte. Er begann darauf außerordentlich künstlich zu tanzen, schrieb mit den Fußspitzen allerlei Buchstaben auf den Rasen, schlug ordentliche Triller mit den Füßen, und machte von Zeit zu Zeit ganz passable Luftsprünge. Aber er bekam es bald satt, denn er war etwas korpulent. Er machte immer kürzere und ungeschicktere Sprünge, bis er endlich ganz aus dem Kreise heraustrat und heftig pustete und sich mit seinem schneeweißen Schnupftuch unaufhörlich den Schweiß abwischte. Unterdeß hatte auch der junge Mensch, der nun wieder ganz gescheut geworden war, aus dem Wirthshause Castagnetten herbeigeholt, und ehe ich mich's versah, tanzten alle unter den Bäumen bunt durcheinander. Die untergegangene Sonne warf noch einige rothe Wiederscheine zwischen die dunklen Schatten und über das alte Gemäuer und die von Epheu wild überwachsenen halb versunkenen Säulen hinten im Garten, während man von der andern Seite tief unter den Weinbergen die Stadt Rom in den Abendgluthen liegen sah. Da tanzten sie alle lieblich im Grünen in der klaren stillen Luft, und mir lachte das Herz recht im Leibe, wie die schlanken Mädchen, und die Kammerjungfer mitten unter ihnen, sich so mit aufgehobenen Armen wie heidnische Waldnymphen zwischen dem Laubwerk schwangen, und dabei jedesmal in der Luft mit den Castagnetten lustig dazu schnalzten. Ich konnte mich nicht länger halten, ich sprang mitten unter sie hinein und machte, während ich dabei immerfort geigte, recht artige Figuren.

Achtes Kapitel.

Ich mochte eine ziemliche Weile so im Kreise herum gesprungen seyn, und merkte gar nicht, daß die andern unterdeß anfingen müde zu werden und sich nach und nach von dem Rasenplätze verloren. Da zupfte mich Jemand von hinten tüchtig an den Rockschößen. Es war die Kammerjungfer. „Sei kein Narr," sagte sie leise, „Du springst ja wie ein Ziegenbock! Studiere Deinen Zettel ordentlich, und komm bald nach, die schöne junge Gräfin wartet." – Und damit schlüpfte sie in der Dämmerung zur Gartenpforte hinaus, und war bald zwischen den Weingärten verschwunden.

Mir klopfte das Herz, ich wäre am liebsten gleich nachgesprungen. Zum Glück zündete der Kellner, da es schon dunkel geworden war, in einer großen Laterne an der Gartenthür Licht an. Ich trat heran und zog geschwind den Zettel heraus. Da war ziemlich kritzlich mit Bleifeder das Thor und die Straße beschrieben, wie mir die Kammerjungfer vorhin gesagt hatte. Dann stand: „Elf Uhr an der kleinen Thüre." –

Da waren noch ein paar lange Stunden hin! – Ich wollte mich demungeachtet sogleich auf den Weg machen, denn ich hatte keine Rast und Ruhe mehr; aber da kam der Maler, der mich hierher gebracht hatte, auf mich los. „Hast Du das Mädchen gesprochen?" frug er, „ich seh' sie nun nirgends mehr; das war das Kammermädchen von der deutschen Gräfin." „Still, still!" erwiederte ich, „die Gräfin ist noch in Rom." „Nun desto besser," sagte der Maler, „so komm und trink' mit uns auf ihre Gesundheit!" und damit zog er mich, wie sehr ich mich auch sträubte, in den Garten zurück.

Da war es unterdeß ganz öde und leer geworden. Die lustigen Gäste wanderten, jeder sein Liebchen am Arm, nach der Stadt zu, und man hörte sie noch durch den stillen Abend zwischen den Weingärten plaudern und lachen, immer ferner und ferner, bis sich endlich die Stimmen tief in dem Thale im Rauschen der Bäume

Achtes Kapitel.

und des Stromes verloren. Ich war nur noch mit meinem Maler, und dem Herrn Eckbrecht – so hieß der andre junge Maler, der sich vorhin so herum gezankt hatte – allein oben zurück geblieben. Der Mond schien prächtig im Garten zwischen die hohen dunklen Bäume herein, ein Licht flackerte im Winde auf dem Tische vor uns und schimmerte über den vielen vergoßnen Wein auf der Tafel. Ich mußte mich mit hinsetzen und mein Maler plauderte mit mir über meine Herkunft, meine Reise, und meinen Lebensplan. Herr Eckbrecht aber hatte das junge hübsche Mädchen aus dem Wirthshause, nachdem sie uns Flaschen auf den Tisch gestellt, vor sich auf den Schoß genommen, legte ihr die Guitarre in den Arm, und lehrte sie ein Liedchen darauf klimpern. Sie fand sich auch bald mit den kleinen Händchen zurecht, und sie sangen dann zusammen ein italienisches Lied, einmal er, dann wieder das Mädchen eine Strophe, was sich in dem schönen stillen Abend prächtig ausnahm. – Als das Mädchen dann weggerufen wurde, lehnte sich Herr Eckbrecht mit der Guitarre auf der Bank zurück, legte seine Füße auf einen Stuhl, der vor ihm stand, und sang nun für sich allein viele herrliche deutsche und italienische Lieder, ohne sich weiter um uns zu bekümmern. Dabei schienen die Sterne prächtig am klaren Firmament, die ganze Gegend war wie versilbert vom Mondschein, ich dachte an die schöne Fraue, an die ferne Heimath, und vergaß darüber ganz meinen Maler neben mir. Zuweilen mußte Herr Eckbrecht stimmen, darüber wurde er immer ganz zornig. Er drehte und riß zuletzt an dem Instrument, daß plötzlich eine Saite sprang. Da warf er die Guitarre hin und sprang auf. Nun wurde er erst gewahr, daß mein Maler sich unterdeß über seinen Arm auf den Tisch gelegt hatte und fest eingeschlafen war. Er warf schnell einen weißen Mantel um, der auf einem Aste neben dem Tische hing, besann sich aber plötzlich, sah erst meinen Maler, dann mich ein paarmal scharf an, setzte sich darauf, ohne sich lange zu bedenken, grade vor mich auf den Tisch hin, räusperte sich, rückte an seiner Halsbinde, und fing dann auf einmal an, eine

Achtes Kapitel.

Rede an mich zu halten. „Geliebter Zuhörer und Landsmann!" sagte er, „da die Flaschen beinah leer sind, und da die Moral unstreitig die erste Bürgerpflicht ist, wenn die Tugenden auf die Neige gehen, so fühle ich mich aus landsmännlicher Sympathie getrieben, Dir einige Moralität zu Gemüthe zu führen. – „Man könnte zwar meinen," fuhr er fort, „Du sey'st ein bloßer Jüngling, während doch Dein Frack über seine besten Jahre hinaus ist; man könnte vielleicht annehmen, Du habest vorhin wunderliche Sprünge gemacht, wie ein Satyr; ja, einige möchten wohl behaupten, Du seyest wohl gar ein Landstreicher, weil Du hier auf dem Lande bist und die Geige streichst; aber ich kehre mich an solche oberflächliche Urtheile nicht, ich halte mich an Deine feingespitzte Nase, ich halte Dich für ein vazirendes Genie." – Mich ärgerten die verfänglichen Redensarten, ich wollte ihm so eben recht antworten. Aber er ließ mich nicht zu Worte kommen. „Siehst Du," sagte er, „wie Du Dich schon aufblähst von dem bischen Lobe. Gehe in Dich, und bedenke dieses gefährliche Metier! Wir Genie's – denn ich bin auch eins – machen uns aus der Welt eben so wenig, als sie aus uns, wir schreiten vielmehr ohne besondere Umstände in unsern Siebenmeilenstiefeln, die wir bald mit auf die Welt bringen, grade auf die Ewigkeit los. O höchst klägliche, unbequeme, breitgespreitzte Position, mit dem einen Beine in der Zukunft, wo nichts als Morgenroth und zukünftige Kindergesichter dazwischen, mit dem andern Beine noch mitten in Rom auf der Piazza del Popolo, wo das ganze Säkulum bei der guten Gelegenheit mitwill und sich an den Stiefel hängt, daß sie einem das Bein ausreißen möchten! Und alle das Zucken, Weintrinken und Hungerleiden lediglich für die unsterbliche Ewigkeit! Und siehe meinen Herrn Collegen dort auf der Bank, der gleichfalls ein Genie ist; ihm wird die Zeit schon zu lang, was wird er erst in der Ewigkeit anfangen?! Ja, hochgeschätzter Herr College, Du und ich und die Sonne, wir sind heute früh zusammen aufgegangen, und haben den ganzen

Achtes Kapitel.

Tag gebrütet und gemalt, und es war alles schön – und nun fährt die schläfrige Nacht mit ihrem Pelzärmel über die Welt und hat alle Farben verwischt." Er sprach noch immerfort und war dabei mit seinen verwirrten Haaren von dem Tanzen und Trinken im Mondschein ganz leichenblaß anzusehen.

Mir aber graute schon lange vor ihm und seinem wilden Gerede, und als er sich nun förmlich zu dem schlafenden Maler herum wandte, benutzte ich die Gelegenheit, schlich, ohne daß er es bemerkte, um den Tisch, aus dem Garten heraus, und stieg, allein und fröhlich im Herzen, an dem Rebengeländer in das weite, vom Mondschein beglänzte Thal hinunter.

Von der Stadt her schlugen die Uhren Zehn. Hinter mir hörte ich durch die stille Nacht noch einzelne Guitarren-Klänge und manchmal die Stimmen der beiden Maler, die nun auch nach Hause gingen, von ferne herüberschallen. Ich lief daher so schnell, als ich nur konnte, damit sie mich nicht weiter ausfragen sollten.

Am Thore bog ich sogleich rechts in die Straße ein, und ging mit klopfendem Herzen eilig zwischen den stillen Häusern und Gärten fort. Aber wie erstaunte ich, als ich da auf einmal auf dem Platze mit dem Springbrunnen heraus kam, den ich heute am Tage gar nicht hatte finden können. Da stand das einsame Gartenhaus wieder, im prächtigsten Mondschein, und auch die schöne Fraue sang im Garten wieder dasselbe italienische Lied, wie gestern Abend. – Ich rannte voller Entzücken erst an die kleine Thür, dann an die Hausthür, und endlich mit aller Gewalt an das große Gartenthor, aber es war alles verschlossen. Nun fiel mir erst ein, daß es noch nicht Elf geschlagen hatte. Ich ärgerte mich über die langsame Zeit, aber über das Gartenthor klettern, wie gestern, mochte ich wegen der guten Lebensart nicht. Ich ging daher ein Weilchen auf dem einsamen Platze auf und ab, und setzte mich endlich wieder auf den steinernen Brunnen voll Gedanken und stiller Erwartung hin.

Achtes Kapitel.

Die Sterne funkelten am Himmel, auf dem Platze war alles leer und still, ich hörte voll Vergnügen dem Gesange der schönen Frau zu, der zwischen dem Rauschen des Brunnens aus dem Garten herüberklang. Da erblickt ich auf einmal eine weiße Gestalt, die von der andern Seite des Platzes herkam, und grade auf die kleine Gartenthür zuging. Ich blickte durch den Mondflimmer recht scharf hin – es war der wilde Maler in seinem weißen Mantel. Er zog schnell einen Schlüssel hervor, schloß auf, und ehe ich mich's versah, war er im Garten drinn.

Nun hatte ich gegen den Maler schon von Anfang eine absonderliche Pike wegen seiner unvernünftigen Reden. Jetzt aber gerieth ich ganz außer mir vor Zorn. Das liederliche Genie ist gewiß wieder betrunken, dachte ich, den Schlüssel hat er von der Kammerjungfer, und will nun die gnädige Frau beschleichen, verrathen, überfallen. – Und so stürzte ich durch das kleine, offengebliebene Pförtchen in den Garten hinein.

Als ich eintrat, war es ganz still und einsam darin. Die Flügelthür vom Gartenhause stand offen, ein milchweißer Lichtschein drang daraus hervor, und spielte auf dem Grase und den Blumen vor der Thür. Ich blickte von weitem herein. Da lag in einem prächtigen grünen Gemach, das von einer weißen Lampe nur wenig erhellt war, die schöne gnädige Frau, mit der Guitarre im Arm, auf einem seidenen Faulbettchen, ohne in ihrer Unschuld an die Gefahren draußen zu denken.

Ich hatte aber nicht lange Zeit, hinzusehen, denn ich bemerkte so eben, daß die weiße Gestalt von der andern Seite ganz behutsam hinter den Sträuchern nach dem Gartenhause zuschlich. Dabei sang die gnädige Frau so kläglich aus dem Hause, daß es mir recht durch Mark und Bein ging. Ich besann mich daher nicht lange, brach einen tüchtigen Ast ab, rannte damit gerade auf den Weißmantel los, und schrie aus vollem Halse „Mordjo!" daß der ganze Garten erzitterte.

Achtes Kapitel.

Der Maler, wie er mich so unverhofft daherkommen sah, nahm schnell Reißaus, und schrie entsetzlich. Ich schrie noch besser, er lief nach dem Hause zu, ich ihm nach – und ich hätt' ihn beinah schon erwischt, da verwickelte ich mich mit den Füßen in den fatalen Blumenstücken, und stürzte auf einmal der Länge nach vor der Hausthür hin.

„Also Du bist es, Narr!" hört' ich da über mir ausrufen, „hast Du mich doch fast zum Tode erschreckt!" – Ich raffte mich geschwind wieder auf, und wie ich mir den Sand und die Erde aus den Augen wische, steht die Kammerjungfer vor mir, die so eben bei dem letzten Sprunge den weißen Mantel von der Schulter verloren hatte. „Aber," sagte ich ganz verblüfft, „war denn der Maler nicht hier?" – „Ja freilich," entgegnete sie schnippisch, „sein Mantel wenigstens, den er mir, als ich ihn vorhin im Thor begegnete, umgehangen hat, weil mich fror." – Ueber dem Geplauder war nun auch die gnädige Frau von ihrem Sopha aufgesprungen, und kam zu uns an die Thür. Mir klopfte das Herz zum Zerspringen. Aber wie erschrak ich, als ich recht hinsah und, anstatt der schönen gnädigen Frau, auf einmal eine ganz fremde Person erblickte!

Es war eine etwas große korpulente, mächtige Dame mit einer stolzen Adlernase und hochgewölbten schwarzen Augenbrauen, so recht zum Erschrecken schön. Sie sah mich mit ihren großen funkelnden Augen so majestätisch an, daß ich mich vor Ehrfurcht gar nicht zu lassen wußte. Ich war ganz verwirrt, ich machte in einem fort Komplimente, und wollte ihr zuletzt gar die Hand küssen. Aber sie riß ihre Hand schnell weg, und sprach dann auf italienisch zu der Kammerjungfer, wovon ich nichts verstand.

Unterdeß aber war von dem vorigen Geschrei die ganze Nachbarschaft lebendig geworden. Hunde bellten, Kinder schrien, zwischen durch hörte man einige Männerstimmen, die immer näher und näher auf den Garten zukamen. Da blickte mich die Dame noch einmal an, als wenn sie mich mit feurigen Kugeln

Achtes Kapitel.

durchbohren wollte, wandte sich dann rasch nach dem Zimmer zurück, während sie dabei stolz und gezwungen auflachte, und schmiß mir die Thüre vor der Nase zu. Die Kammerjungfer aber erwischte mich ohne weiteres beim Flügel, und zerrte mich nach der Gartenpforte.

„Da hast Du wieder einmal recht dummes Zeug gemacht," sagte sie unterwegs voller Bosheit zu mir. Ich wurde auch schon giftig. „Nun zum Teufel!" sagte ich, „habt Ihr mich denn nicht selbst hierher bestellt?" – „Das ist's ja eben," rief die Kammerjungfer, „meine Gräfin meinte es so gut mit Dir, wirft Dir erst Blumen aus dem Fenster zu, singt Arien – und das ist nun ihr Lohn! Aber mit Dir ist nun einmal nichts anzufangen, Du trittst Dein Glück ordentlich mit Füßen." – „Aber," erwiederte ich, „ich meinte die Gräfin aus Deutschland, die schöne gnädige Frau" – „Ach," unterbrach sie mich, „die ist ja lange schon wieder in Deutschland, mit sammt Deiner tollen Amour. Und da lauf Du nur auch wieder hin! Sie schmachtet ohnedieß nach Dir, da könnt' Ihr zusammen die Geige spielen und in den Mond gucken, aber daß Du mir nicht wieder unter die Augen kommst!"

Nun aber entstand ein entsetzlicher Rumor und Spektakel hinter uns. Aus dem anderen Garten kletterten Leute mit Knüppeln hastig über den Zaun, andere fluchten und durchsuchten schon die Gänge, desperate Gesichter mit Schlafmützen guckten im Mondschein bald da bald dort über die Hecken, es war, als wenn der Teufel auf einmal aus allen Hecken und Sträuchern Gesindel heckte, – Die Kammerjungfer fackelte nicht lange. „Dort, dort läuft der Dieb!" schrie sie den Leuten zu, indem sie dabei auf die andere Seite des Gartens zeigte. Dann schob sie mich schnell aus dem Garten, und klappte das Pförtchen hinter mir zu.

Da stand ich nun unter Gottes freiem Himmel wieder auf dem stillen Platze mutterseelen allein, wie ich gestern angekommen war. Die Wasserkunst, die mir vorhin im Mondschein so lustig flimmerte, als wenn Englein darin auf und nieder stiegen, rauschte noch fort wie damals, mir aber war unterdeß alle Lust und Freude in den Brunn gefallen. – Ich nahm mir nun fest vor, dem falschen Italien mit seinen verrückten Malern, Pommeranzen und Kammerjungfern auf ewig den Rücken zu kehren und wanderte noch zur selbigen Stunde zum Thore hinaus.

Neuntes Kapitel.

Die treuen Berg' steh'n auf der Wacht:

„Wer streicht bei stiller Morgenzeit

Da aus der Fremde durch die Haid'?" –

Ich aber mir die Berg' betracht'

Und lach' in mich vor großer Lust,

Und rufe recht aus frischer Brust

Parol und Feldgeschrei sogleich:

Vivat Oestreich!

Da kennt mich erst die ganze Rund,

Nun grüßen Bach und Vöglein zart

Und Wälder rings nach Landesart,

Die Donau blitzt aus tiefem Grund,

Der Stephansthurm auch ganz von fern

Guckt übern Berg und säh' mich gern,

Und ist er's nicht, so kommt er doch gleich,

Neuntes Kapitel.

Vivat Oestreich!

Ich stand auf einem hohen Berge, wo man zum erstenmal nach Oestreich hineinsehen kann, und schwenkte voller Freude noch mit dem Hute und sang die letzte Strophe, da fiel auf einmal hinter mir im Walde eine prächtige Musik von Blasinstrumenten mit ein. Ich dreh' mich schnell um und erblicke drei junge Gesellen in langen blauen Mänteln, davon bläst der Eine Oboe, der Andere die Klarinett, und der Dritte, der einen alten Dreistutzer auf dem Kopfe hatte, das Waldhorn – die akkompagnirten mich plötzlich, daß der ganze Wald erschallte. Ich, nicht zu faul, ziehe meine Geige hervor, und spiele und singe sogleich frisch mit. Da sah Einer den Andern bedenklich an, der Waldhornist ließ dann zuerst seine Bausbacken wieder einfallen und setzte sein Waldhorn ab, bis am Ende Alle stille wurden, und mich anschauten. Ich hielt verwundert ein, und sah sie auch an. – „Wir meinten," sagte endlich der Waldhornist, „weil der Herr so einen langen Frack hat, der Herr wäre ein reisender Engländer, der hier zu Fuß die schöne Natur bewundert; da wollten wir uns ein Viatikum verdienen. Aber, mir scheint, der Herr ist selber ein Musikant." – „Eigentlich ein Einnehmer," versetzte ich, „und komme direkt von Rom her, da ich aber seit geraumer Zeit nichts mehr eingenommen, so habe ich mich unterweges mit der Violine durchgeschlagen." – „Bringt nicht viel heut zu Tage!" sagte der Waldhornist, der unterdeß wieder an den Wald zurückgetreten war, und mit seinem Dreistutzer ein kleines Feuer anfachte, das sie dort angezündet hatten. „Da gehn die blasenden Instrumente schon besser," fuhr er fort; „wenn so eine Herrschaft ganz ruhig zu Mittag speißt, und wir treten unverhofft in das gewölbte Vorhaus und fangen alle drei aus Leibeskräften zu blasen an – gleich kommt ein Bedienter herausgesprungen mit Geld oder Essen, damit sie nur den Lärm wieder los werden. Aber will der Herr nicht eine Collation mit uns einnehmen?"

Neuntes Kapitel.

Das Feuer loderte nun recht lustig im Walde, der Morgen war frisch, wir setzten uns alle rings umher auf den Rasen, und zwei von den Musikanten nahmen ein Töpfchen, worin Kaffee und auch schon Milch war, vom Feuer, holten Brod aus ihren Manteltaschen hervor, und tunkten und tranken abwechselnd aus dem Topfe, und es schmeckte ihnen so gut, daß es ordentlich eine Lust war anzusehen. – Der Waldhornist aber sagte: „Ich kann das schwarze Gesöff nicht vertragen," und reichte mir dabei die eine Hälfte von einer großen übereinander gelegten Butterschnitte, dann brachte er eine Flasche Wein zum Vorschein. „Will der Herr nicht auch einen Schluck?" – Ich that einen tüchtigen Zug, mußte aber schnell wieder absetzen und das ganze Gesicht verziehn, denn es schmeckte wie Drei-Männer-Wein. „Hiesiges Gewächs," sagte der Waldhornist, „aber der Herr hat sich in Italien den deutschen Geschmack verdorben."

Darauf kramte er eifrig in seinem Schubsack und zog endlich unter allerlei Plunder eine alte zerfetzte Landkarte hervor, worauf noch der Kaiser in vollem Ornate zu sehen war, den Zepter in der rechten, den Reichsapfel in der linken Hand. Er breitete sie auf dem Boden behutsam auseinander, die Andern rückten näher heran, und sie berathschlagten nun zusammen, was sie für eine Marschroute nehmen sollten.

„Die Vakanz geht bald zu Ende," sagte der Eine, „wir müssen uns gleich von Linz links abwenden, so kommen wir noch bei guter Zeit nach Prag." – „Nun wahrhaftig!" rief der Waldhornist, „wem willst Du da was vorpfeifen? nichts als Wälder und Kohlenbauern, kein geläuterter Kunstgeschmack, keine vernünftige freie Station!" – „O Narrenspossen!" erwiederte der Andere, „die Bauern sind mir grade die Liebsten, die wissen am Besten wo einen der Schuh drückt, und nehmens nicht so genau, wenn man manchmal eine falsche Note bläst." – „Das macht, Du hast kein point d'honneur," versetzte der Waldhornist, „odi profanum vulgus

Neuntes Kapitel.

et arceo, sagt der Lateiner." – „Nun, Kirchen aber muß es auf der Tour doch geben," meinte der Dritte, „so kehren wir bei den Herren Pfarrern ein." – „Gehorsamster Diener!" sagte der Waldhornist, „die geben kleines Geld und große Sermone, daß wir nicht so unnütz in der Welt herumschweifen, sondern uns besser auf die Wissenschaften appliciren sollen, besonders wenn sie in mir den künftigen Herrn Konfrater wittern. Nein, nein, Clericus clericum non decimat. Aber was giebt es denn da überhaupt für große Noth? die Herren Professoren sitzen auch noch im Karlsbade, und halten selbst den Tag nicht so genau ein." – „Ja, distinguendum est inter et inter," erwiederte der Andere, „quod licet Jovi, non licet bovi!"

Ich aber merkte nun, daß es Prager Studenten waren, und bekam einen ordentlichen Respekt vor ihnen, besonders da ihnen das Latein nur so wie Wasser vom Wunde floß.– „Ist der Herr auch «in Studirter?" fragte mich darauf der Waldhornist. Ich erwiederte bescheiden, daß ich immer besondere Lust zum studieren, aber kein Geld gehabt hätte. – „Das thut gar nichts," rief der Waldhornist, „wir haben auch weder Geld, noch reiche Freundschaft. Aber ein gescheuter Kopf muß sich zu helfen wissen. Aurora musis amica, das heißt zu deutsch: mit vielem frühstücken sollst Du Dir nicht die Zeit verderben. Aber wenn dann die Mittagsglocken von Thurm zu Thurm und von Berg zu Berg über die Stadt gehen, und nun die Schüler auf einmal mit großem Geschrei aus dem alten finstern Kollegium heraus brechen und im Sonnenscheine durch die Gaßen schwärmen – da begeben wir uns bei den Kapuzinern zum Pater Küchenmeister und finden unsern gedeckten Tisch, und ist er auch nicht gedeckt, so steht doch für jeden ein voller Topf darauf, da fragen wir nicht viel darnach und essen, und perfektioniren uns dabei noch im Lateinischsprechen. Sieht der Herr, so studiren wir von einem Tage zum andern fort. Und wenn dann endlich die Vakanz kommt, und die Andern fahren und reiten zu ihren Aeltern fort, da wandern wir mit unsern Instrumenten unter'm Mantel durch die Gaßen zum Thore hinaus, und die ganze Welt steht uns offen."

Ich weiß nicht – wie er so erzählte – ging es mir recht durch's Herz, daß so gelehrte Leute so ganz verlassen seyn sollten auf der Welt. Ich dachte dabei an mich, wie es mir eigentlich selber nicht anders ginge, und die Thränen traten mir in die Augen. – Der Waldhornist sah mich groß an. „Das thut gar nichts," fuhr er wieder weiter fort, „ich möchte gar nicht so reisen: Pferde und Kaffee und frischüberzogene Betten, und Nachtmützen und Stiefelknecht vorausbestellt. Das ist just das Schönste, wenn wir so frühmorgens heraustreten, und die Zugvögel hoch über uns fortziehn, daß wir gar nicht wissen, welcher Schornstein heut für uns raucht, und gar nicht voraussehen, was uns bis zum Abend noch für ein besonderes Glück begegnen kann." – „Ja," sagte der Andere, „und wo wir hinkommen und unsere Instrumente herausziehen, wird alles fröhlich, und wenn wir dann zur Mitagsstunde auf dem Lande in ein Herrschaftshaus treten, und im Hausflur blasen, da tanzen die Mägde mit einander vor der Hausthür, und die Herrschaft läßt die Saalthür etwas aufmachen, damit sie die Musik drin besser hören, und durch die Lücke kommt das Tellergeklapper und der Bratenduft in den freudenreichen Schall heraus gezogen, und die Fräuleins an der Tafel verdrehen sich fast die Hälse, um die Musikanten draußen zu sehn." – „Wahrhaftig," rief der Waldhornist mit leuchtenden Augen aus, „laßt die Andern nur ihre Kompendien repetiren, wir studiren unterdeß in dem großen Bilderbuche, daß der liebe Gott uns draußen aufgeschlagen hat! Ja glaub' nur der Herr, aus uns werden grade die rechten Kerls, die den Bauern dann was zu erzählen wissen und mit der Faust auf die Kanzel schlagen, daß den Knollfinken unten vor Erbauung und Zerknirschung das Herz im Leibe bersten möchte."

Wie sie so sprachen, wurde mir so lustig in meinem Sinn, daß ich gleich auch hätte mit studiren mögen. Ich konnte mich gar nicht

Neuntes Kapitel.

satt hören, denn ich unterhalte mich gern mit studirten Leuten, wo man etwas profitiren kann. Aber es konnte gar nicht zu einem recht vernünftigen Diskurse kommen. Denn dem einen Studenten war vorhin angst geworden, weil die Vakanz so bald zu Ende gehen sollte. Er hatte daher hurtig sein Klarinett zusammen gesetzt, ein Notenblatt vor sich auf das aufgestemmte Knie hingelegt, und exerzirte sich eine schwierige Passage aus einer Messe ein, die er mitblasen sollte, wenn sie nach Prag zurückkamen. Da saß er nun und fingerte und pfiff dazwischen manchmal so falsch, daß es einem durch Mark und Bein ging und man oft sein eigenes Wort nicht verstehen konnte.

Auf einmal schrie der Waldhornist mit seiner Baßstimme. „Topp, da hab' ich es," er schlug dabei fröhlich auf die Landkarte neben ihm. Der Andere ließ auf einen Augenblick von seinem fleißigen Blasen ab, und sah ihn verwundert an. „Hört," sagte der Waldhornist, „nicht weit von Wien ist ein Schloß, auf dem Schloße ist ein Portier, und der Portier ist mein Vetter! Theuerste Kondiszipels, da müssen wir hin, machen dem Herrn Vetter unser Kompliment, und er wird dann schon dafür sorgen, wie er uns wieder weiter fortbringt!" – Als ich das hörte, fuhr ich geschwind auf. „Bläst er nicht auf dem Fagott?" rief ich, „und ist von langer grader Leibesbeschaffenheit, und hat eine große vornehme Nase?" – Der Waldhornist nickte mit dem Kopfe. Ich aber embrassirte ihn vor Freuden, daß ihm der Dreistutzer vom Kopfe fiel, und wir beschlossen nun sogleich, alle miteinander im Postschiffe auf der Donau nach dem Schloß der schönen Gräfin hinunter zu fahren.

Als wir an das Ufer kamen, war schon alles zur Abfahrt bereit. Der dicke Gastwirth, bei dem das Schiff über Nacht angelegt hatte, stand breit und behaglich in seiner Hausthür, die er ganz ausfüllte, und ließ zum Abschied allerlei Witze und Redensarten erschallen, während in jedem Fenster ein Mädchenkopf herausfuhr und den

Schiffern noch freundlich zunickte, die so eben die letzten Pakete nach dem Schiffe schafften. Ein ältlicher Herr mit einem grauen Ueberrock und schwarzen Halstuch, der auch mitfahren wollte, stand am Ufer, und sprach sehr eifrig mit einem jungen schlanken Bürschchen, das mit langen ledernen Beinkleidern und knapper, scharlachrother Jacke vor ihm auf einem prächtigen Engländer saß. Es schien mir zu meiner großen Verwunderung, als wenn sie beide zuweilen nach mir hinblickten und von mir sprächen. – Zuletzt lachte der alte Herr, das schlanke Bürschchen schnallzte mit der Reitgerte, und sprengte, mit den Lerchen über ihm um die Wette, durch die Morgenluft in die blitzende Landschaft hinein.

Unterdeß hatten die Studenten und ich unsere Kasse zusammengeschossen. Der Schiffer lachte und schüttelte den Kopf, als ihm der Waldhornist damit unser Fährgeld in lauter Kupferstücken aufzählte, die wir mit großer Noth aus allen unsern Taschen zusammen gebracht hatten. Ich aber jauchzte laut auf, als ich auf einmal wieder die Donau so recht vor mir sah; wir sprangen geschwind auf das Schiff hinauf, der Schiffer gab das Zeichen, und so flogen wir nun im schönsten Morgenglanze zwischen den Bergen und Wiesen hinunter.

Da schlugen die Vögel im Walde, und von beiden Seiten klangen die Morgenglocken von fern aus den Dörfern, hoch in der Luft hörte man manchmal die Lerchen dazwischen. Von dem Schiffe aber jubilirte und schmetterte ein Kanarienvogel mit darein, daß es eine rechte Lust war.

Der gehörte einem hübschen jungen Mädchen, die auch mit auf dem Schiffe war. Sie hatte den Käfig dicht neben sich stehen, von der andern Seite hielt sie ein feines Bündel Wäsche unterm Arm, so saß sie ganz still für sich und sah recht zufrieden bald auf ihre neue Reiseschuhe, die unter dem Röckchen hervorkamen, bald wieder in das Wasser vor sich hinunter, und die Morgensonne glänzte ihr dabei auf der weißen Stirn, über der sie die Haare sehr sauber gescheitelt hatte. Ich merkte wohl, daß die Studenten gern einen höflichen Diskurs mit ihr angesponnen hätten, denn sie gingen immer an ihr vorüber, und der Waldhornist räusperte sich dabei und rückte bald an seiner Halsbinde, bald an dem Dreistutzer. Aber sie hatten keine rechte Kourage, und das Mädchen schlug auch jedesmal die Augen nieder, sobald sie ihr näher kamen.

Besonders aber genirten sie sich vor dem ältlichen Herrn, mit dem grauen Ueberrock, der nun auf der andern Seite des Schiffes saß, und den sie gleich für einen Geistlichen hielten. Er hatte ein Brevier vor sich, in welchem er las, dazwischen aber oft in die schöne Gegend von dem Buche aufsah, dessen Goldschnitt und die vielen dareingelegten bunten Heiligenbilder prächtig im Morgenschein blitzten. Dabei bemerkte er auch sehr gut, was auf dem Schiffe vorging, und erkannte bald die Vögel an ihren Federn; denn es dauerte nicht lange, so redete er einen von den Studenten lateinisch an, worauf alle drei heran traten, die Hüte vor ihm abnahmen, und ihm wieder lateinisch antworteten.

Ich aber hatte mich unterdeß ganz vorn auf die Spitze des Schiffes gesetzt, ließ vergnügt meine Beine über dem Wasser herunter baumeln, und blickte, während das Schiff so fort flog und die Wellen unter mir rauschten und schäumten, immerfort in die blaue Ferne, wie da ein Thurm und ein Schloß nach dem andern aus dem Ufergrün hervorkam, wuchs und wuchs, und endlich hinter uns wieder verschwand. Wenn ich nur heute Flügel hätte! dachte ich, und zog endlich vor Ungeduld meine liebe Violine hervor, und spielte alle meine ältesten Stücke durch, die ich noch zu Hause und auf dem Schloß der schönen Frau gelernt hatte.

Auf einmal klopfte mir Jemand von hinten auf die Achsel. Es war der geistliche Herr, der unterdeß sein Buch weggelegt, und mir schon ein Weilchen zugehört hatte. „Ey," sagte er lachend zu mir, „ey, ey, Herr Ludi magister, Essen und Trinken vergißt er." Er hieß mich darauf meine Geige einstecken, um einen Inbiß mit ihm

Neuntes Kapitel.

einzunehmen, und führte mich zu einer kleinen lustigen Laube, die von den Schiffern aus jungen Birken und Tannenbäumchen in der Mitte des Schiffes aufgerichtet worden war. Dort hatte er einen Tisch hinstellen lassen, und ich, die Studenten, und selbst das junge Mädchen mußten uns auf die Fäßer und Pakete ringsherum setzen.

Der geistliche Herr packte nun einen großen Braten und Butterschnitten aus, die sorgfältig in Papier gewickelt waren, zog auch aus einem Futteral mehrere Weinflaschen und einen silbernen, innerlich vergoldeten Becher hervor, schenkte ein, kostete erst, roch daran und prüfte wieder und reichte dann einem Jeden von uns. Die Studenten saßen ganz kerzengrade auf ihren Fäßern, und aßen und tranken nur sehr wenig vor großer Devotion. Auch das Mädchen tauchte bloß das Schnäbelchen in den Becher, und blickte dabei schüchtern bald auf mich, bald auf die Studenten, aber je öfter sie uns ansah, je dreister wurde sie nach und nach.

Sie erzählte endlich dem geistlichen Herrn, daß sie nun zum erstenmale von Hause in Condition komme, und so eben auf das Schloß ihrer neuen Herrschaft reise. Ich wurde über und über roth, denn sie nannte dabei das Schloß der schönen gnädigen Frau. – Also das soll meine zukünftige Kammerjungfer seyn! dachte ich und sah sie groß an, und mir schwindelte fast dabei. – „Auf dem Schloße wird es bald eine große Hochzeit geben," sagte darauf der geistliche Herr. „Ja," erwiederte das Mädchen, die gern von der Geschichte mehr gewußt hätte; „man sagt, es wäre schon eine alte, heimliche Liebschaft gewesen, die Gräfin hätte es aber niemals zugeben wollen." Der Geistliche antwortete nur mit: „Hm, hm,!" während er seinen Jagdbecher vollschenkte, und mit bedenklichen Mienen daraus nippte. Ich aber hatte mich mit beiden Armen weit über den Tisch vorgelegt, um die Unterredung recht genau anzuhören. Der geistliche Herr bemerkte es. „Ich kann's Euch wohl sagen," hub er wieder an, „die beiden Gräfinnen

Neuntes Kapitel.

haben mich auf Kundschaft ausgeschickt, ob der Bräutigam schon vielleicht hier in der Gegend sey. Eine Dame aus Rom hat geschrieben, daß er schon lange von dort fort sey. –" Wie er von der Dame aus Rom anfing, wurd' ich wieder roth. „Kennen denn Ew. Hochwürden den Bräutigam?" fragte ich ganz verwirrt. – „Nein," erwiederte der alte Herr, „aber er soll ein luftiger Vogel seyn." – „O ja," sagte ich hastig, „ein Vogel, der aus jeden Käfig ausreißt, sobald er nur kann, und lustig singt, wenn er wieder in der Freiheit ist." – „Und sich in der Fremde herumtreibt," fuhr der Herr gelassen fort, „in der Nacht paßatim geht, und am Tage vor den Hausthüren schläft." – Mich verdroß das sehr. „Ehrwürdiger Herr," rief ich ganz hitzig aus, „da hat man Euch falsch berichtet. Der Bräutigam ist ein moralischer, schlanker, hoffnungsvoller Jüngling, der in Italien in einem alten Schloße auf großen Fuß gelebt hat, der mit lauter Gräfinnen, berühmten Malern und Kammerjungfern umgegangen ist, der sein Geld sehr wohl zu Rathe zu halten weiß, wenn er nur welches hätte, der" – „Nun, nun, ich wußte nicht, daß Ihr ihn so gut kennt," unterbrach mich hier der Geistliche, und lachte dabei so herzlich, daß er ganz blau im Gesichte wurde, und ihm die Thränen aus den Augen rollten. – „Ich hab' doch aber gehört," ließ sich nun das Mädchen wieder vernehmen, „der Bräutigam wäre ein großer, überaus reicher Herr." – „Ach Gott, ja doch, ja! Confusion, nichts als Confusion!" rief der Geistliche und konnte sich noch immer vor Lachen nicht zu Gute geben, bis er sich endlich ganz verhustete. Als er sich wieder ein wenig erholt hatte, hob er den Becher in die Höh und rief: „das Brautpaar soll leben!" – Ich wußte gar nicht, was ich von dem Geistlichen und seinem Gerede denken sollte, ich schämte mich aber, wegen der römischen Geschichten, ihm hier vor allen Leuten zu sagen, daß ich selber der verlorene glückseelige Bräutigam sey.

Der Becher ging wieder fleißig in die Runde, der geistliche Herr sprach dabei freundlich mit Allen, so daß ihm bald ein Jeder gut

Neuntes Kapitel.

wurde, und am Ende alles fröhlich durcheinander sprach. Auch die Studenten wurden immer redseliger und erzählten von ihren Fahrten im Gebirge, bis sie endlich gar ihre Instrumente holten und lustig zu blasen anfingen. Die kühle Wasserluft strich dabei durch die Zweige der Laube, die Abendsonne vergoldete schon die Wälder und Thäler, die schnell an uns vorüberflogen, während die Ufer von den Waldhornsklängen wiederhallten. – Und, als dann der Geistliche von der Musik immer vergnügter wurde und lustige Geschichten aus seiner Jugend erzählte: wie auch er zur Vakanz über Berge und Thäler gezogen, und oft hungrig und durstig, aber immer fröhlich gewesen, und wie eigentlich das ganze Studentenleben eine große Vakanz sey zwischen der engen düstern Schule und der ernsten Amtsarbeit – da tranken die Studenten noch einmal herum, und stimmten dann frisch ein Lied an, daß es weit in die Berge hineinschallte:

Nach Süden nun sich lenken

Die Vöglein allzumal.

Viel' Wandrer lustig schwenken

Die Hüt' im Morgenstrahl.

Das sind die Herrn Studenten,

Zum Thor hinaus es geht,

Auf ihren Instrumenten

Sie blasen zum Valet:

Ade in die Läng' und Breite

O Prag, wir ziehn in die Weite:

Et habeat bonam pacem,

Qui sedet post fornacem!

Nachts wir durch's Städtlein schweifen,

Die Fenster schimmern weit,

Am Fenster dreh'n und schleifen

Viel schön geputzte Leut.

Wir blasen vor den Thüren

Und haben Durst genung,

Das kommt vom Musiziren,

Herr Wirth, einen frischen Trunk!

Und siehe über ein Kleines

Mit einer Kanne Weines

Venit ex sua domo -

Beatus ille homo!

Nun weht schon durch die Wälder

Der kalte Boreas,

Wir streichen durch die Felder,

Von Schnee und Regen naß.

Der Mantel fliegt im Winde,

Zerrissen sind die Schuh,

Da blasen wir geschwinde

Und singen noch dazu:

Beatus ille homo

Qui sedet in sua domo

Et sedet post fornacem

Et habet bonam pacem!

Ich, die Schiffer und das Mädchen, obgleich wir alle kein Latein verstanden, stimmten jedesmal jauchzend in den letzten Vers mit ein, ich aber jauchzte am allervergnügtesten, denn ich sah so eben von fern mein Zollhäuschen und bald darauf auch das Schloß in der Abendsonne über die Bäume hervorkommen.

Zehntes Kapitel.

Das Schiff stieß an das Ufer, wir sprangen schnell ans Land und vertheilten uns nun nach allen Seiten im Grünen, wie Vögel, wenn das Gebauer plötzlich aufgemacht wird. Der geistliche Herr nahm eiligen Abschied und ging mit großen Schritten nach dem Schlosse zu. Die Studenten dagegen wanderten eifrig nach einem abgelegenen Gebüsch, wo sie noch geschwind ihre Mäntel ausklopfen, sich in dem vorüberfließenden Bache waschen, und einer den andern rasiren wollten. Die neue Kammerjungfer endlich ging mit ihrem Kanarienvogel und ihrem Bündel unterm Arm nach dem Wirthshause unter dem Schloßberge, um bei der Frau Wirthin, die ich ihr als eine gute Person rekommandirt hatte, ein besseres Kleid anzulegen, ehe sie sich oben im Schlosse vorstellte. Mir aber leuchtete der schöne Abend recht durchs Herz, und als sie sich nun alle verlaufen hatten, bedachte ich mich nicht lange und rannte sogleich nach dem herrschaftlichen Garten hin.

Mein Zollhaus, an dem ich vorbei mußte, stand noch auf der alten Stelle, die hohen Bäume aus dem herrschaftlichen Garten rauschten noch immer darüber hin, ein Goldammer, der damals auf

Zehntes Kapitel.

dem Kastanienbaume vor dem Fenster jedesmal bei Sonnenuntergang sein Abendlied gesungen hatte, sang auch wieder, als wäre seitdem gar nichts in der Welt vorgegangen. Das Fenster im Zollhaus stand offen, ich lief voller Freuden hin und steckte den Kopf in die Stube hinein. Es war Niemand darin, aber die Wanduhr pickte noch immer ruhig fort, der Schreibtisch stand am Fenster, und die lange Pfeife in einem Winkel, wie damals. Ich konnte nicht widerstehen, ich sprang durch das Fenster hinein, und setzte mich an den Schreibtisch vor das große Rechenbuch hin. Da fiel der Sonnenschein durch den Kastanienbaum vor dem Fenster wieder grüngolden auf die Ziffern in dem aufgeschlagenen Buche, die Bienen summten wieder an dem offnen Fenster hin und her, der Goldammer draußen auf dem Baume sang fröhlich immerzu. – Auf einmal aber ging die Thüre aus der Stube auf, und ein alter, langer Einnehmer in meinem punktirten Schlafrock trat herein! Er blieb in der Thüre stehen, wie er mich so unversehens erblickte, nahm schnell die Brille von der Nase, und sah mich grimmig an. Ich aber erschrak nicht wenig darüber, sprang, ohne ein Wort zu sagen, auf, und lief aus der Hausthür durch den kleinen Garten fort, wo ich mich noch bald mit den Füßen in dem fatalen Kartoffelkraut verwickelt hätte, das der alte Einnehmer nunmehr, wie ich sah, nach des Portiers Rath statt meiner Blumen angepflanzt hatte. Ich hörte noch, wie er vor die Thür herausfuhr und hinter mir drein schimpfte, aber ich saß schon oben auf der hohen Gartenmauer, und schaute mit klopfendem Herzen in den Schloßgarten hinein.

Da war ein Duften und Schimmern und Jubiliren von allen Vöglein; die Plätze und Gänge waren leer, aber die vergoldeten Wipfel neigten sich im Abendwinde vor mir, als wollten sie mich bewillkommnen, und seitwärts aus dem tiefen Grunde blitzte zuweilen die Donau zwischen den Bäumen nach mir herauf. Auf einmal hörte ich in einiger Entfernung im Garten singen:

Schweigt der Menschen laute Lust:

Rauscht die Erde wie in Träumen

Wunderbar mit allen Bäumen,

Was dem Herzen kaum bewußt,

Alte Zeiten, linde Trauer,

Und es schweifen leise Schauer

Wetterleuchtend durch die Brust.

Die Stimme und das Lied klang mir so wunderlich, und doch wieder so altbekannt, als hätte ich's irgend einmal im Traume gehört. Ich dachte lange, lange nach. – „Das ist der Herr Guido!" rief ich endlich voller Freude, und schwang mich schnell in den Garten hinunter – es war dasselbe Lied, das er an jenem Sommerabend auf dem Balkon des talienischen

Wirthshauses sang, wo ich ihn zum letztenmal gesehn hatte.

Er sang noch immer fort, ich aber sprang über Beete und Hecken dem Liede nach. Als ich nun zwischen den letzten Rosensträuchern hervor trat, blieb ich plötzlich wie verzaubert stehen. Denn auf dem grünen Platze am Schwanenteich, recht vom Abendroth beschienen, saß die schöne gnädige Frau, in einem prächtigen Kleide und einem Kranz von weißen und rothen Rosen in dem schwarzen Haar, mit niedergeschlagenen Augen auf einer Steinbank und spielte während des Liedes mit ihrer Reitgerte vor sich auf dem Rasen, grade so wie damals auf dem Kahne, da ich ihr das Lied von der schönen Frau vorsingen mußte. Ihr gegenüber saß eine andre junge Dame, die hatte den weißen runden Nacken voll brauner Locken gegen mich gewendet, und sang zur Guitarre, während die Schwäne auf dem stillen Weiher langsam im Kreise herumschwammen. – Da hob die schöne Frau auf einmal die Augen, und schrie laut auf, da sie mich erblickte. Die andere Dame

Zehntes Kapitel.

wandte sich rasch nach mir herum, daß ihr die Locken ins Gesicht flogen, und da sie mich recht ansah, brach sie in ein unmäßiges Lachen aus, sprang dann von der Bank und klatschte dreimal mit den Händchen. In demselben Augenblick kam eine große Menge kleiner Mädchen in blüthenweißen kurzen Kleidchen mit grünen und rothen Schleifen zwischen den Rosensträuchern hervorgeschlüpft, so daß ich gar nicht begreifen konnte, wo sie alle gesteckt hatten. Sie hielten eine lange Blumenguirlande in den Händen, schlossen schnell einen Kreis um mich, tanzten um mich herum und sangen dabei:

Wir bringen Dir den Jungfernkranz

Mit veilchenblauer Seide,

Wir führen Dich zu Lust und Tanz,

Zu neuer Hochzeitsfreude.

Schöner, grüner Jungfernkranz,

Veilchenblaue Seide.

Das war aus dem Freischützen. Von den kleinen Sängerinnen erkannte ich nun auch einige wieder, es waren Mädchen aus dem Dorfe. Ich kneipte sie in die Wangen und wäre gern aus dem Kreise entwischt, aber die kleinen schnippischen Dinger ließen mich nicht heraus. – Ich wußte gar nicht, was die Geschichte eigentlich bedeuten sollte, und stand ganz verblüfft da.

Da trat plötzlich ein junger Mann in feiner Jägerkleidung aus dem Gebüsch hervor. Ich traute meinen Augen kaum – es war der fröhliche Herr Leonhard! – Die kleinen Mädchen öffneten nun den Kreis und standen auf einmal wie verzaubert, alle unbeweglich auf einem Beinchen, während sie das andere in die Luft streckten, und dabei die Blumenguirlanden mit beiden Armen hoch über den Köpfen in die Höh' hielten. Der Herr Leonhard aber faßte die

Zehntes Kapitel.

schöne gnädige Frau, die noch immer ganz still stand und nur manchmal auf mich herüber blickte, bei der Hand, führte sie bis zu mir und sagte:

„Die Liebe – darüber sind nun alle Gelehrten einig – ist eine der kuragiösesten Eigenschaften des menschlichen Herzens, die Bastionen von Rang und Stand schmettert sie mit einem Feuerblicke darnieder, die Welt ist ihr zu eng und die Ewigkeit zu kurz. Ja, sie ist eigentlich ein Poeten-Mantel, den jeder Phantast einmal in der kalten Welt umnimmt, um nach Arkadien auszuwandern. Und je entfernter zwei getrennte Verliebte von einander wandern, in desto anständigern Bogen bläst der Reisewind den schillernden Mantel hinter ihnen auf, desto kühner und überraschender entwickelt sich der Faltenwurf, desto länger und länger wächst der Talar den Liebenden hinten nach, so daß ein Neutraler nicht über Land gehen kann, ohne unversehens auf ein Paar solche Schleppen zu treten. O theuerster Herr Einnehmer und Bräutigam! obgleich Ihr in diesem Mantel bis an den Gestaden der Tiber dahinrauschet, das kleine Händchen Eurer gegenwärtigen Braut hielt Euch dennoch am äußersten Ende der Schleppe fest, und wie Ihr zucktet und geigtet und rumortet, Ihr mußtet zurück in den stillen Bann ihrer schönen Augen. – Und nun dann, da es so gekommen ist, Ihr zwei lieben, lieben närrischen Leute! schlagt den seeligen Mantel um Euch, daß die ganze andere Welt rings um Euch untergeht – liebt Euch wie die Kaninchen und seyd glücklich!"

Der Herr Leonhard war mit seinem Sermon kaum erst fertig, so kam auch die andere junge Dame, die vorhin das Liedchen gesungen hatte, auf mich los, setzte mir schnell einen frischen Mirthenkranz auf den Kopf, und sang dazu sehr neckisch, während sie mir den Kranz in den Haaren festrückte und ihr Gesichtchen dabei dicht vor mir war:

Darum bin Ich Dir gewogen,

Darum wird Dein Haupt geschmückt,

Weil der Strich von Deinem Bogen

Oefters hat mein Herz entzückt.

Dann trat sie wieder ein paar Schritte zurück. – „Kennst Du die Räuber noch, die Dich damals in der Nacht vom Baume schüttelten?" sagte sie, indem sie einen Knix mir machte und mich so anmuthig und fröhlich ansah, daß mir ordentlich das Herz im Leibe lachte. Darauf ging sie, ohne meine Antwort abzuwarten, rings um mich herum. „Wahrhaftig noch ganz der Alte, ohne allen welschen Beischmack! aber nein, sieh doch nur einmal die dicken Taschen an!" rief sie plötzlich zu der schönen gnädigen Frau, „Violine, Wäsche, Barbiermesser, Reisekoffer, alles durcheinander!" Sie drehte mich dabei nach allen Seiten, und konnte sich vor Lachen gar nicht zu Gute geben. Die schöne gnädige Frau war unterdeß noch immer still, und mochte gar nicht die Augen aufschlagen vor Schaam und Verwirrung. Oft kam es mir vor, als zürnte sie heimlich über das viele Gerede und Spaßen. Endlich stürzten ihr plötzlich Thränen aus den Augen, und sie verbarg ihr Gesicht an der Brust der andern Dame. Diese sah sie erst erstaunt an, und drückte sie dann herzlich an sich.

Ich aber stand ganz verdutzt da. Denn je genauer ich die fremde Dame betrachtete, desto deutlicher erkannte ich sie, es war wahrhaftig niemand anders, als – der junge Herr Maler Guido!

Ich wußte gar nicht was ich sagen sollte, und wollte so eben näher nachfragen, als Herr Leonhard zu ihr trat und heimlich mit ihr sprach. „Weiß er denn noch nicht?" hörte ich ihn fragen. Sie schüttelte mit dem Kopfe. Er besann sich darauf einen Augenblick. „Nein, nein," sagte er endlich, „er muß schnell alles erfahren, sonst entsteht nur neues Geplauder und Gewirre."

Zehntes Kapitel.

„Herr Einnehmer," wandte er sich nun zu mir, „wir haben jetzt nicht viel Zeit, aber thue mir den Gefallen und wundere Dich hier in aller Geschwindigkeit aus, damit Du nicht hinterher durch Fragen, Erstaunen und Kopfschütteln unter den Leuten alte Geschichten aufrührst, und neue Erdichtungen und Vermuthungen ausschüttelst." – Er zog mich bei diesen Worten tiefer in das Gebüsch hinein, während das Fräulein mit der, von der schönen gnädigen Frau weggelegten Reitgerte in der Luft focht und alle ihre Locken tief in das Gesichtchen schüttelte, durch die ich aber doch sehen konnte, daß sie bis an die Stirn roth wurde. – „Nun denn," sagte Herr Leonhard, „Fräulein Flora, die hier so eben thun will, als hörte und wüßte sie von der ganzen Geschichte nichts, hatte in aller Geschwindigkeit ihr Herzchen mit Jemandem vertauscht. Darüber kommt ein Andrer und bringt ihr mit Prologen, Trompeten und Pauken wiederum sein Herz dar und will ihr Herz dagegen. Ihr Herz ist aber schon bei Jemand, und Jemands Herz bei ihr, und der Jemand will sein Herz nicht wieder haben, und ihr Herz nicht wieder zurück geben. Alle Welt schreit – „aber Du hast wohl noch keinen Roman gelesen?" – Ich verneinte es. – „Nun, so hast Du doch einen mitgespielt. Kurz: das war eine solche Konfusion mit den Herzen, daß der Jemand – das heißt ich – mich zuletzt selbst ins Mittel legen mußte. Ich schwang mich bei lauer Sommernacht auf mein Roß, hob das Fräulein als Maler Guido auf das andere und so ging es fort nach Süden, um sie in einem meiner einsamen Schlösser in Italien zu verbergen, bis das Geschrei wegen der Herzen vorüber wäre. Unterweges aber kam man uns auf die Spur, und von dem Balkon des welschen Wirthshauses, vor dem Du so vortrefflich Wache schliefst, erblickte Flora plötzlich unsere Verfolger." – „Also der bucklichte Signor?" – „War ein Spion. Wir zogen uns daher heimlich in die Wälder, und ließen Dich auf dem vorbestellten Postkurse allein fortfahren. Das täuschte unsere Verfolger, und zum Ueberfluß auch noch meine Leute auf dem Bergschlosse, welche die verkleidete Flora

Zehntes Kapitel.

stündlich erwarteten, und mit mehr Diensteifer als Scharfsinn Dich für das Fräulein hielten. Selbst hier auf dem Schlosse glaubte man, daß Flora auf dem Felsen wohne, man erkundigte sich, man schrieb an sie – hast Du nicht ein Briefchen erhalten?" – Bei diesen Worten fuhr ich blitzschnell mit dem Zettel aus der Tasche. –„Also dieser Brief?"– „Ist an mich," sagte Fräulein Flora, die bisher auf unsre Rede gar nicht Acht zu geben schien, riß mir den Zettel rasch aus der Hand, überlas ihn und steckte ihn dann in den Busen. – „Und nun," sagte Herr Leonhard, „müssen wir schnell in das Schloß, da wartet schon Alles auf uns. Also zum Schluß, wie sich's von selbst versteht und einem wohlerzognen Romane gebührt: Entdeckung, Reue, Versöhnung, wir sind alle wieder lustig beisammen, und übermorgen ist Hochzeit!"

Da er noch so sprach, erhob sich plötzlich in dem Gebüsch ein rasender Spektakel von Pauken und Trompeten, Hörnern und Posaunen; Böller wurden dazwischen gelöst und Vivat gerufen, die kleinen Mädchen tanzten von neuem, und aus allen Sträuchern kam ein Kopf über dem andern hervor, als wenn sie aus der Erde wüchsen. Ich sprang in dem Geschwirre und Geschleife Ellenhoch von einer Seite zur andern, da es aber schon dunkel wurde, erkannte ich erst nach und nach alle die alten Gesichter wieder. Der alte Gärtner schlug die Pauken, die Prager Studenten in ihren Mänteln musizirten mitten darunter, neben ihnen fingerte der Portier wie toll auf seinem Fagott. Wie ich den so unverhofft erblickte, lief ich sogleich auf ihn zu, und embrassirte ihn heftig. Darüber kam er ganz aus dem Conzept. „Nun wahrhaftig und wenn der bis ans Ende der Welt reist, er ist und bleibt ein Narr!" rief er den Studenten zu, und blies ganz wüthend weiter.

Unterdeß war die schöne gnädige Frau vor dem Rumor heimlich entsprungen, und flog wie ein aufgescheuchtes Reh über den Rasen tiefer in den Garten hinein. Ich sah es noch zur rechten Zeit und lief ihr eiligst nach. Die Musikanten merkten in ihrem Eifer nichts davon, sie meinten nachher: wir wären schon nach dem Schlosse aufgebrochen, und die ganze Bande setzte sich nun mit Musik und großem Getümmel gleichfalls dorthin auf den Marsch.

Wir aber waren fast zu gleicher Zeit in einem Sommerhause angekommen, daß am Abhange des Gartens stand, mit dem offnen Fenster nach dem weiten tiefen Thale zu. Die Sonne war schon lange untergegangen hinter den Bergen, es schimmerte nur noch wie ein röthlicher Duft über dem warmen, verschallenden Abend, aus dem die Donau immer vernehmlicher herauf rauschte, je stiller es ringsum wurde. Ich sah unverwandt die schöne Gräfin an, die ganz erhitzt vom Laufen dicht vor mir stand, so daß ich ordentlich hören konnte, wie ihr das Herz schlug. Ich wußte nun aber gar nicht, was ich sprechen sollte vor Respekt, da ich auf einmal so allein mit ihr war. Endlich faßte ich ein Herz, nahm ihr kleines weißes Händchen – da zog sie mich schnell an sich und fiel mir um den Hals, und ich umschlang sie fest mit beiden Armen.

Sie machte sich aber geschwind wieder los und legte sich ganz verwirrt in das Fenster, um ihre glühenden Wangen in der Abendluft abzukühlen, – „Ach," rief ich, „mir ist mein Herz recht zum Zerspringen, aber ich kann mir noch alles nicht recht denken, es ist mir alles noch wie ein Traum!" – „Mir auch," sagte die schöne gnädige Frau, „Als ich vergangenen Sommer," setzte sie nach einer Weile hinzu, „mit der Gräfin aus Rom kam, und wir das Fräulein Flora glücklich gefunden hatten, und mit zurückbrachten, von Dir aber dort und hier nichts hörten – da dacht' ich nicht, daß alles noch so kommen würde! Erst heut zu Mittag sprengte der Jokey, der gute flinke Bursch, athemlos auf den Hof und brachte die Nachricht, daß Du mit dem Postschiffe kämst." – Dann lachte sie still in sich hinein. „Weißt Du noch," sagte sie, „wie Du mich damals auf dem Balkon zum letzenmal sahst? das war grade wie heute, auch so ein stiller Abend, und Musik im Garten." – „Wer ist denn eigentlich gestorben?" frug ich hastig. – „Wer denn?" sagte die schöne Frau und sah mich erstaunt an. – „Der Herr Gemahl von Ew. Gnaden," erwiederte ich, „der damals mit auf dem Balkon stand." – Sie wurde ganz roth. „Was hast Du auch für Seltsamkeiten im Kopfe!" rief sie aus, „das war ja der Sohn von der Gräfin, der eben von Reisen zurückkam, und es traf grade auch mein Geburstag, da führte er mich mit auf den Balkon hinaus, damit ich auch ein Vivat bekäme. – Aber deshalb bist Du wohl damals von hier fortgelaufen?" – „Ach Gott, freilich!" rief ich aus, und schlug mich mit der Hand vor die Stirn. Sie aber schüttelte mit dem Köpfchen und lachte recht herzlich.

Mir war so wohl, wie sie so fröhlich und vertraulich neben mir plauderte, ich hätte bis zum Morgen zuhören mögen. Ich war so recht seelenvergnügt, und langte eine Hand voll Knackmandeln aus der Tasche, die ich noch aus Italien mitgebracht hatte. Sie nahm auch davon, und wir knackten nun und sahen zufrieden in die stille Gegend hinaus. – „Siehst Du," sagte sie nach einem Weilchen wieder, „das weiße Schlößchen, das da drüben im Mondschein glänzt, das hat uns der Graf geschenkt, sammt dem Garten und den Weinbergen, da werden wir wohnen. Er wußt es schon lange, daß wir einander gut sind, und ist Dir sehr gewogen, denn hätt' er Dich nicht mitgehabt, als er das Fräulein aus der Pensions-Anstalt entführte, so wären sie beide erwischt worden, ehe sie sich vorher noch mit der Gräfin versöhnten, und alles wäre anders gekommen." – „Mein Gott, schönste, gnädigste Gräfin," rief ich aus, „ich weiß gar nicht mehr, wo mir der Kopf steht vor lauter unverhofften Neuigkeiten; also der Herr Leonhard?" – „Ja, ja," fiel sie mir in die Rede, „so nannte er sich in Italien; dem gehören die Herrschaften da drüben, und er heirathet nun unserer Gräfin Tochter, die schöne Flora. – Aber was nennst Du mich denn Gräfin?" – Ich sah sie groß an. – „Ich bin ja gar keine Gräfin," fuhr sie fort, „unsere gnädige Gräfin hat mich nur zu sich aufs Schloß genommen, da mich mein Onkel, der Portier, als kleines Kind und arme Waise mit hierher brachte."

Nun war's mir doch nicht anders, als wenn mir ein Stein vom Herzen fiele! „Gott segne den Portier," versetzte ich ganz entzückt, „daß er unser Onkel ist! ich habe immer große Stücke auf ihn gehalten." – „Er meint es auch gut mit Dir," erwiederte sie, „wenn Du Dich nur etwas vornehmer hieltest, sagt er immer. Du mußt Dich jetzt auch eleganter kleiden." – „O," rief ich voller Freuden, „englischen Frack, Strohhut und Pumphosen und Sporen! und gleich nach der Trauung reisen wir fort nach Italien, nach Rom, da gehn die schönen Wasserkünste, und nehmen die Prager Studenten mit und den Portier!" – Sie lächelte still und sah mich recht vergnügt und freundlich an, und von fern schallte immerfort die Musik herüber, und Leuchtkugeln flogen vom Schloß durch die stille Nacht über die Gärten, und die Donau rauschte dazwischen herauf – und es war alles, alles gut!

ANDERE WERKE

Mondnacht

Es war, als hätt' der Himmel
Die Erde still geküßt,
Daß sie im Blütenschimmer
Von ihm nun träumen müßt'.

Die Luft ging durch die Felder,

Die Aehren wogten sacht,
Es rauschten leis die Wälder,
So sternklar war die Nacht.

Und meine Seele spannte

Weit ihre Flügel aus,

Flog durch die stillen Lande,
Als flöge sie nach Haus.

In Danzig

Dunkle Giebel, hohe Fenster,
Thürme tief aus Nebeln sehn,
Bleiche Statuen wie Gespenster
Lautlos an den Thüren stehn.

Träumerisch der Mond drauf scheinet,

Dem die Stadt gar wohl gefällt,
Als läg' zauberhaft versteinet
Drunten eine Märchenwelt.

Ringsher durch das tiefe Lauschen,
Ueber alle Häuser weit,

Nur des Meeres fernes Rauschen –
Wunderbare Einsamkeit!

Und der Thürmer wie vor Jahren
Singet ein uraltes Lied:
Wolle Gott den Schiffer wahren,
Der bei Nacht vorüberzieht!

Die Heimat

An meinen Bruder.

Denkst du des Schlosses noch auf stiller Höh?
Das Horn lockt nächtlich dort, als ob's dich riefe,
Am Abgrund grast das Reh,
Es rauscht der Wald verwirrend aus der Tiefe –

O stille, wecke nicht, es war als schliefe

Da drunten ein unnennbar Weh.

Kennst du den Garten? – Wenn sich Lenz erneut,
Geht dort ein Mädchen auf den kühlen Gängen
Still durch die Einsamkeit,

Und weckt den leisen Strom von Zauberklängen,

Als ob die Blumen und die Bäume sängen
Rings von der alten schönen Zeit.

Ihr Wipfel und ihr Bronnen rauscht nur zu!
Wohin du auch in wilder Lust magst dringen,

Du findest nirgends Ruh,

Erreichen wird dich das geheime Singen, –
Ach, dieses Bannes zauberischen Ringen
Entflieh'n wir nimmer, ich und du!

Zwielicht

Dämmrung will die Flügel spreiten,
Schaurig rühren sich die Bäume,
Wolken zieh'n wie schwere Träume –
Was will dieses Grau'n bedeuten?

Hast ein Reh du, lieb vor andern,

Laß es nicht alleine grasen,
Jäger zieh'n im Wald' und blasen,
Stimmen hin und wieder wandern.

Hast du einen Freund hienieden,

Trau ihm nicht zu dieser Stunde,

Freundlich wohl mit Aug' und Munde,
Sinnt er Krieg im tück'schen Frieden.

Was heut müde gehet unter,
Hebt sich morgen neugeboren,

Manches bleibt in Nacht verloren –

Hüte dich, bleib' wach und munter!

Sehnsucht

Es schienen so golden die Sterne,
Am Fenster ich einsam stand
Und hörte aus weiter Ferne
Ein Posthorn im stillen Land.

Das Herz mir im Leib entbrennte,

Da hab' ich mir heimlich gedacht:
Ach, wer da mitreisen könnte
In der prächtigen Sommernacht!

Zwei junge Gesellen gingen

Vorüber am Bergeshang,

Ich hörte im Wandern sie singen
Die stille Gegend entlang:
Von schwindelnden Felsenschlüften,
Wo die Wälder rauschen so sacht,

Von Quellen, die von den Klüften

Sich stürzen in die Waldesnacht.

Sie sangen von Marmorbildern,
Von Gärten, die über'm Gestein
In dämmernden Lauben verwildern,

Palästen im Mondenschein,

Wo die Mädchen am Fenster lauschen,
Wann der Lauten Klang erwacht,
Und die Brunnen verschlafen rauschen
In der prächtigen Sommernacht. –